Wilhelm Jensen

Stimmen des Lebens

Gedichte

Wilhelm Jensen

Stimmen des Lebens
Gedichte

ISBN/EAN: 9783741110771

Hergestellt in Europa, USA, Kanada, Australien, Japan

Cover: Foto ©Andreas Hilbeck / pixelio.de

Manufactured and distributed by brebook publishing software
(www.brebook.com)

Wilhelm Jensen

Stimmen des Lebens

Stimmen des Lebens.

Gedichte

von

Wilhelm Jensen.

Dresden.
Ls. Ehlermann.
1881.

Meiner Frau

zugeeignet.

Tempora mutantur, nos et mutamur in illis —
Ach, wie schreitet die Zeit über den Todten dahin.
Einst unser Glück, und es hing nur an ihnen der Blick, und es lauschte
Ihnen das Ohr, und es schien ruhend auf ihnen die Welt.
Aber sie schwanden hinab, und es schwindet in uns ihr Gedächtniß
Langsam in dämmerndes Licht, bis es vom Dunkel umhüllt;
Bleich in der Sonne zerrinnt ihr Gesicht, es verhallt ihre Stimme,
Und zu den Schatten erst gehn sie in uns selber dahin.

Ja, es verwandelt die Zeit sich und wir verwandeln mit ihr uns —
Ach, wie schreitet die Zeit über den Lebenden fort.
Was wir als Felsgrund gewähnt, unerschüttert vom Sturmwind, es schwanket;
Was uns ein Gipfel erschien, schwindet als Nebelphantom.
Neue Gesichter umdrängen den Weg, es verringert im Werth sich
Alter Besitz, der Gewinn wechselnder Hoffnungen trügt;

Freundschaft erlischt, und die Heimat liegt mit entfremdetem
Antlitz,
Und in der Fülle der Welt schreckt uns ein einsam
Gefühl.

Tempora mutantur, nos et mutamur in illis —
Ach, wie schreitet die Zeit über dem Herzen hinweg.
Was wir mit glücklichem Arm zu umfangen begehrt, im
Momente,
Drinnen die Hand es erfaßt, löscht sie das Leben ihm aus.
Rastlos wandert das Herz über neu sich wölbende Gräber,
Denn das Gewordene starb, einzig das Werdende lebt;
Aber zu Schatten des Einst zerrinnt sein blühendes Bildniß,
Aber ein Echo nur klingt mälig der alternde Schlag.

Also verwandelt die Zeit sich und wir verwandeln mit
ihr uns,
Eines unwandelbar nur trotzet dem Wandel der Zeit,
Kehrt als ein Echo von fern schon herauf, doch wie kaum
erst gewecktes,
Lebt, ob es lange schon ward, immer als Bleibendes doch;
Und es umfängt mich in ihm mit der niemals entfremdeten
Heimat,
Mit dem Vertrauen der nie wankenden Liebe d e i n Herz.
Altert die Zeit auch um uns, nicht altert es selbst und
bewahrt mir
Freudige Jugend, und fest ruhet auf ihm mir die Welt.

Inhalt.

Auf der Wanderung.

Auf der Froßburg.

Frau Venus.

Münsterglocken.

Im Wechsel der Zeit.

Auf der Wanderung.

---•---

Steig' auf, du lockende Zauberwelt,
  Du bist noch immer die gleiche,
Vom Licht des Himmels golden erhellt,
  Die unerschöpflich reiche!

Noch tönt dein Mund im kreisenden Schwung
  Von rannenden Wundersagen;
Du bist so alt, du bist so jung,
  Wie eines Herzens Schlagen.

Doch was es begehrt, liegt nicht zu Kauf
  Auf dem Markt und steht nicht in Büchern;
Du deckst ihm seine Räthsel auf
  Unter wallenden Nebeltüchern.

Es rauschen die Wasser, es braust der Wind,
  Es funkeln die glühenden Lichter,
Mit tausend Stimmen umwirrt und umspinnt
  Dein ruhloser Herzschlag den Dichter.

Es trug dein Herz zum seinen das Blut
   Hinüber auf heimlicher Brücke,
Drauf schwillt es in stürmischer Sehnsuchtsflut
   Zu dir, seiner Mutter zurücke.

Empor aus dem Staub, aus der kriechenden Spur
   Des Gewürmes mit schleichendem Blute!
An deine Götterbrust, Natur,
   Du freie, du hehre, du gute!

Zersprenge mit göttlicher Leidenschaft
   Das Herz aus den kläglichen Banden,
Laß von der alten, der herrlichen Kraft
   Des Lebens den Busen durchbranden!

Zu dir, du ewige Wunderwelt!
   Es lauschet deinem Befehle
Das Herz aus dem blauen Räthselgezelt
   Und dem tiefsten Geheimniß der Seele!

Ein Gruß.

Es blaut der See, und Wald und Wiesen,
　　Sie ziehn vorbei im Sonnenglanz,
Darüber schaun die hohen Riesen
　　Herab im weißen Scheitelkranz;
Sie ragen aus den Wolkenbänken
　　Gleich halb aufdämmerndem Geschick —
Ich aber kann nur Eines denken:
　　Auf Allem hier lag auch dein Blick.

Die Welle spielte dir zu Füßen,
　　Der Wind umsummte dir die Stirn,
Vorüberschwand mit gleichem Grüßen
　　Dir Wald und Wiese, Fels und Firn,
Die Stadt wie weißer Blüthenflieder,
　　Der aus den dunklen Blättern schwillt —
Und Alles glänzte schöner wieder
　　Als deiner Augen Spiegelbild.

Doch damals war von hier ich ferne,
　　Und fern bist heute du von hier;
Es ziehen wechselnd unsre Sterne,
　　Doch bringen nimmer mich zu dir.
Allein, mit schauernd süßem Beben,
　　Umfängt mich hier der gleiche Raum,
Es blieb ihm nur von seinem Leben
　　Ein Strahl, ein Hauch, ein Duft, ein Traum.

Wetter im Hochgebirg.

———

Südher rollt's,
   Ein schütterndes Dröhnen;
Das Felsthal umgrollt's
   Wie dumpfes Stöhnen.

Hoch vom Grat
   Windgepeitscht schwanken
Die Föhren; es naht
   Wie düstre Gedanken.

Hastvoran
   Ein Wolkenschweifen.
Nun bricht's durch den Tann,
   Gewinsel und Pfeifen.

Um den Thurm
   Ein Knistern und Knattern. —
Wie den Mädchen im Sturm
   Die Röcke flattern!

Alles drängt,
  Von bläulichen Flammen
Umzüngelt. Es engt
  Sich der Himmel zusammen.

Luft und Licht
  Verschwinden. Ein Prasseln
Füllt Ohr und Gesicht;
  Die Schloßen rasseln.

Da loht's jach
  Am alten Gemäuer —
Ein schmetternder Krach,
  Die Luft ward Feuer.

Der Hauch stockt;
  Blind vom Gefunkel
Der Blick. Schwarzgeflockt
  Schnaubt Rauch in's Dunkel.

„Helft! Legt Hand!
  „Schleppt Wasser vom Bache!" —
Glührother Brand
  Schlägt drüben vom Dache.

„Lauft! Herbei!" —
  Die Weiber jammern.
Hoch sprüht es. Geschrei:
  „Heraus aus den Kammern!"

„Fort! Es bricht!" —
    Aufbrüllende Kinder;
Angstvoll ihr Gesicht
    Verdeckende Kinder.

Dichtgestaut
    Gekreisch und Gewimmel;
Darüber blaut
    Jetzt lachend der Himmel.

Am Wildwasser.

1.

Ich hab' den ganzen Tag gedacht
Und habe nichts zu Stand' gebracht.
Es rauschen die Wasser zu laut, zu toll
Mir unter dem Fenster durch's Felsengeroll.
Hoch droben kocht es in gährender Wuth,
Und brodelnd schäumt aus den Kesseln die Flut;
Rings schleudert graue Titanenhand
Die stiebenden Massen von stürzender Wand.
Sie dröhnen herunter, im nebelnden Licht
Gespenstisch flackernd; es kracht und bricht,
Der Boden zittert, es schüttert das Haus
Von der tobenden, tosenden Wasser Gebraus.
Sie packen wie Riedhalm den wuchtigen Stamm
Der Holztrift auf Kiesbank und Uferdamm
Und tauchen ihn nieder und werfen ihn auf
Und wirbeln ihn weiter im rasenden Lauf.
Gleich Ungethieren vom Meeresgrund,
So schießt es herauf und hinab in den Schlund,
Und ich schaue den jagenden Stämmen nach
Durch der Wogen strudelndes Donnergekrach.

Ein jeder irrt an meinem Blick
Vorüber, als wär's eines Menschen Geschick:
Den Einen tragen in grader Schnur
Die Wellen hinab durch die üppige Flur;
Hochragend, ein stolzer Riesenschaft,
Wiegt er sich fort, wie aus eigner Kraft.
Das Haupt voran, strebt er zum Ziel —
Den Andern höhnt ein tückisches Spiel:
Es zückt und zerrt ihn aus dem Schwalm,
Es dreht ihn rund wie kreisenden Halm;
Er wehrt sich in wildem Verzweiflungskampf
Mit dem zischenden, dampfenden Wogengestampf,
Da packt's ihn mit schmetternder Lache und speit
In splitternde Klippen ihn spöttisch zur Seit',
Wie ausgeworfenen, lechzenden Fisch — —
Doch mitten da drüben im weißen Gezisch
Ringt Einer, von klaffenden Felsen umstrickt,
In angstvollem Kampf — und angstvoll blickt
Mein Auge nach Rettung für ihn umher:
Ich hör' ihn stöhnen dumpf und schwer,
Ich seh' ihn sich sträuben wider den Tod —
Kommt nichts zur Hülf' ihm in seiner Noth?
Da rudert ein riesiger Koloß
Heran durch den Geifer, vielleicht sein Genoß
Einst droben im Bergwald, sein treuer Kumpan,
Grad' auf ihn zu hält er die Bahn —
Mir schlägt das Herz in stürmischer Hast:
Nun kommt er — nun hat er den Freund gefaßt —
Ein Stoß, ein Ringen, ein Ruck — und frei!

Zusammen schießen an mir sie vorbei,
Frohlockend wie ehmals wieder gesellt,
Hinaus in die Weite, die wogende Welt. —
So rauscht und rollt es mir vor dem Blick,
So kommt und geht es, wie Menschengeschick —
Ich hab' den ganzen Tag gedacht
Und habe nichts zu Stand' gebracht.

2.

Die wilden Wasser zersprengen
 Der Felswand klammernden Schacht,
Sie sammeln sich drunten und drängen
 Zu Thal durch die schwarze Nacht.

Sie packen die Centnerblöcke
 Der Tiefe mit lautem Geheul
Und wälzen sie wie Pflöcke
 Zu wirbelnd wüthendem Knäul.

Die rollen am Grunde und kollern
 Mit dumpfem Donnergedröhn,
Das ist ein schauriges Schollern,
 Wie nächtiger Geister Gestöhn.

Als schrieen erstickende Stimmen
 Um Hülfe herauf aus dem Schlund,
Als überschwöllen die grimmen
 Gewässer den ringenden Mund.

Als ob kein Tag mehr werde,
 Kein Leben mehr erwacht,
Versunken liegt die Erde
 In alter Chaosnacht.

St. Wendelin.

Droben, hoch am Felsgelände,
   Wie gehüllt in graue Windeln
Steht ein Kirchlein, Thurm und Wände
   Ueberflockt von grauen Schindeln.

Schweigsam flimmern die Altäre,
   Nur wie leichte Nebel rinnen
Durch die geisterstille Leere
   Leise Weihrauchschleier drinnen.

Draußen vor der Fensterrampe
   Nicket rothe Blüthendolde,
Röthlich glimmt die ewige Lampe
   In der Sonne flüssigem Golde.

Doch hernieder vom Altare,
   Hinter braun vergilbten Kerzen,
Halb umwallt vom blonden Haare,
   Blickt ein Weib mit offnem Herzen.

Tödtlich klafft darin die Wunde,
   Draus die dunklen Tropfen brechen,
Und es scheint aus ihrem Munde
   Unaussprechlich Weh zu sprechen.

Schönes Weib mit deiner blassen
· Schmerzenslippen banger Rede,
Was entflohst du, glückverlassen,
Her in diese Felsenöde?

Willst du hier mit Todesschmerzen
Für den ganzen wonnesüßen
Sündenrausch lebendiger Herzen,
Für das Glück der Menschheit büßen?

Dünung.

Fern bis zum Himmel schweigsam, weit und groß
Liegt still die See. Sie schläft, und, odemlos,
Regt sie kein Hauch, hebt ihr, wie traumgebannt,
Kein Athemzug das schimmernde Gewand.
Nur dann und wann mit immer gleichem Klang
Rollt eine lange Welle auf den Strand.
Ein dumpfes Schauern ist es, todesbang',
Und kommt daher und lischt im öden Sand;
Ein Herzschlag, der aus nächtigem Dunkel quillt,
Wo ruhelose Flut der Tiefe schwillt;
Ein Schluchzen ist es aus verhalt'ner Brust,
Ein Athemkampf des Lebens, unbewußt,
Mit einer Todesstarre schwer und leer —
Dann spricht des Schiffers Mund: Es dünt das Meer.

Ich kenne deine Dünung, stumme See,
Der dunklen Tiefe ruheloses Weh.
Müd ist die Stirn und wortlos ist der Mund —
Da plötzlich kommt's und sprengt die Brust — warum?
Ein Schlag, ein einziger aus des Herzens Grund
Bebt auf und stockt — und Alles wieder stumm — —.

Ein Schneegebild.

Ich sah dich ruh'n auf starren Alpenzinnen,
   Das schöne Antlitz still zurückgelegt;
Weich auf dem Busen lag das weiße Linnen,
   Von keinem Hauche mehr geregt.

So lagst du dort auf hohem Sarkophage
   Im unabsehbar blauen Lichtgefild,
Ein Traumgeheimniß alter Göttersage,
   Ein räthselstummes Schneegebild.

Das Gold der Sonne floß um deine Stirne,
   Der Aetherwind umhauchte deinen Mund,
Doch löste sich kein Zug am Marmorstirne,
   Doch keine Antwort gab er kund.

Ein räthselstummes Schneegebild — so standest
   Du lebend einst vor mir in Jugendpracht,
Und meines Herzens Lebenskraft umwandest
   Beherrschend du mit Göttermacht.

Doch stumm, als ob es unaufweckbar schliefe,
   Gebunden hielt mich deines Auges Sieg:
Es rief mein Herz aus seiner Sehnsucht Tiefe
   Zu dir — doch deine Lippe schwieg.

Was ruhst du dort, vom Aetherlicht umgeben,
  Ein schweigend Bildniß wieder, Schnee und Stein?
Willst du, mich noch beherrschend, wie im Leben
  Unnahbar mir im Tode sein?

———◆———

Am Herbstabend.

In eines Herbsttags nebelfeuchter Dämmerung
Schreit' ich im Geist mitunter noch den alten Weg,
Den oft als Knaben mich ein dunkler Zug geführt.
Am Gartenrand durch zwielichtgraues Ackerfeld
Wand sich der Steig, von Dohlenschwärmen überkreischt;
Sie tauchten auf und schwanden in der trüben Luft.
Durch Stoppeln pfiff nun seufzend der Novemberwind,
Des Städtchens spitzer Thurm versank, der Pfad bog ab
In Zaungestrüpp, auf dessen rasselnd dürres Laub
Der Nebel tropfend vom Gezweig herunterfiel.
Des Sommers letztverbliebner Gast im leeren Feld,
Ein Spannerfalter weißlich schimmernden Gewand's —
Brumata heißt er, der „den Winter Kündende" —
flog da und dort in müdem Flattern um den Dorn.
Aus dunklen Höh'n scholl über mir der Rottgans Schrei,
Zuweilen schlug das dumpfe Strandgebraus der See
Von fern herauf und schwand im Wind. Dann kam der Wald,
Entlaubt und reglos, doch mit knarrendem Geäst
Der grauen Stämme. Nun von Schatten schwarz verrankt,
Zog sich der Weg am bleiern bleichen Spiegellicht
Des schilfumzittert lautlos stillen Teich's vorbei,
Von dem die Märe raunend sprach, daß manchmal draus
Im Vollmondschein ein weißes Mädchenangesicht
Aufrudernd aus der Tiefe schweigsam seinen Blick

Erheb' und finke. Rechtshin fort, ein Weilchen noch,
Da fiel vom Rand des Tannichts wie ein irrer Stern
Ein flimmernd Licht. Den Athem haltend, auf den Zeh'n
Trat ich hinan; vom alten Moosdach überwölbt
Sah'n schmale Scheiben röthlich, unverhängt heraus.
Drin traf mein Blick seit Monden stets das gleiche Bild:
Am runden Tisch des alten Forstwarts straffes Haar
Vom Dampf der kurzen Pfeife dicht umwölkt, sein Weib,
Gleich alt und grau, geschäftig strickend neben ihm.
Sie sprachen nicht, die Alte hob nur dann und wann
Zum blöden Aug' ihr Strickzeug auf. Zur Linken saß
Verschattet halb, die Stirn gebückt, ihr Enkelkind,
Ein schlankes Mädchen, schwarzgelockt, die feine Hand
Gleichfalls in hastig fieberhafter Emsigkeit.
Still war's, ich hörte deutlich drin der Wanduhr Gang
Wie einer Brust unrastend harten Hammerschlag,
Lang, immerdar, gleich schwerem Herbstestropfenfall.
Dann wohl, vielleicht nach einer Stunde, sank einmal
Des Mädchens Hand mit ihrer Arbeit in den Schooß,
Und plötzlich schlug ein linnenweißes Angesicht
Zu mir sich auf, mit Augen, zweien Kohlen gleich,
Drin flackernd noch ein letzter Rest von Gluth sich birgt.
Sie sah'n mich nicht, sie blickten weit durch mich hinaus
In's nächtige Dunkel, reglos, brennend, unverrückt —
Ein Grausen fuhr, als ob gespenstisch nasse Hand
Mich angepackt, vom Wirbel bis zur Sohle mir,
Und athemlos lief ich durch Nacht und Wind nach Haus.

Nordwind.

Mitunter noch trägt vom Heimatsunde
　　Der Nordwind mir eine Botschaft herab.
Nur manchmal; er weht mit seiner Kunde
　　Gewöhnlich über ein frisches Grab.

Er bringt den Geruch der feuchten Erde,
　　Der steigt mir in's Hirn aus Kinderzeit:
Ich sehe die schwarzvermummten Pferde
　　Und hinter der Kutsche das lange Geleit.

Ein schwarzes Reptil kriecht's hinter dem Wagen
　　Mit tadellosem Hut und Schuh —
Nun tritt im frischgesteiften Kragen
　　Mit würdigem Ernste der Pastor hinzu.

Er spricht: So laßt uns den Abhub bestatten!
　　Die Seele, sie schwelgt jetzt auf höherem Stern
An köstlichem Mahle — laßt nie uns ermatten,
　　Zu danken, wie lieblich die Tafel des Herrn.

O meine Freunde! Wohl sehe ich rinnen
　　Die Thränen, die süßen, dem Wiedersehn!
O meine insonders geliebten Freundinnen,
　　Wir wissen's ja sicher, so wird es geschehn! —

Da flimmern die weißen Taschenlinnen
   Zu chriftlicher Wehmuth chriftlichem Troft;
Eine Scholl' auf den Sarg, und es trollt fich von hinnen —
   Und über das Grab geht der Heimat Nordoft.

Mich däucht, er ward ein hurtiger Weber,
   Der rafch und rafcher das Schifflein fchnellt;
Es dehnt fich fein Bahrtuch, es wachfen die Gräber,
   Als fei es ein Frühling, der Knofpen fchwellt.

Doch ift es November, es fchreien die Unken —
   Sie betten fich alle fchweigfam hinab,
Mit denen gegeffen ich und getrunken —
   Und immer fchon wartet ein frifches Grab.

Da fahr' ich vom Schlaf empor, um zu lanfchen,
   Und ftarr' in das Dunkel, das fchwarz mich umgiebt —
Was will der Herbftnacht abfonderes Raufchen?
   Vielleicht ging Einer, den einft ich geliebt.

Mit dem ich Hand in Hand gefeffen,
   Mit dem ich geweint und gejubelt einft hab' —
Es fchauert der Nordwind — ich hab' ihn vergeffen,
   Und über ihn fchollert die Erde hinab.

Ade! — Ich höre des Paftors Worte
   Vom weißen Kragen: Auf Wiederfehn! —
Im Nachtwind klappert die Kirchhofspforte,
   Und die rafchelnden Kränze durchwinfelt fein Wehn.

Sehnsucht.

Nun blickt schon durch die Hagdornlücke
   Die grüne Sommerbank hervor,
Die Spinne webt auf weißer Brücke,
   Das Weinlaub glüht vom Bogenthor;
Braun nickt am Berg das Waldgehänge,
   Doch seine Stimmen floh'n gen Süd',
Die Sonnenluft ist ohne Klänge
   Und ohne Duft — verhallt, verblüht!

Doch leuchtend zieht's mich in die Weite,
   Um die der goldne Schleier rinnt,
Es weben summendes Geleite
   Mir Waldesquell und Haldenwind;
Ein Wolkenschiff, aus Schnee die Linnen
   Gebläht, durchkreuzt die blaue Bai,
Mit seinem Flug möcht' ich von hinnen —
   Wohin? Entfliehn — wohin es sei!

Ich möcht' auf Alpenfirn mich schwingen,
   Den keiner Gemse Fuß betrat —
In Urwaldstiefe möcht' ich dringen
   Auf ihrer Wildspur nächtigem Pfad —

Durch ungemessene Wüste reiten,
   Von ihrem Felsenbrand umraucht —
Auf Silberfluthen möcht' ich gleiten,
   In goldnen Sonnenstrom getaucht!

Und einer Weltstadt Athem trinken
   An einer jungen Dirne Arm —
Und einer Welle gleich versinken
   Im brandend lauten Gassenschwarm!
In Einen Becher möcht' ich schenken
   Des Lebens ganze Wunderpracht
Und schmachtend tief die Lippen senken
   In einen Trunk, der trunken macht! —

Doch glänzend zieht das Segellinnen
   Dahin, im Blau der Weite fort;
Wie Schnee im Lichte seh' ich's rinnen,
   Nur meine Träume stehn am Bord.
Ein braunes Blatt durchirrt die Lüfte
   Und um mich schauert kühl der Wald,
Die Sonnenluft ist ohne Düfte
   Und ohne Klang — verblüht, verhallt!

Fern hinüber.

O meine Wiege, meine wilde Wiege du,
Die mit salzigem Mohn mich umsprüht!
Dann fielen umdunkelt die Wimpern mir zu
Und dein Athem küßte mich müd'.
Weiß tanzte dein Reigen in Schlummer mich ein,
Und dein uraltes Ammenlied brauste darein —
O meine wildwogende Wiege du,
Gedenkst du noch mein?

O meine Mutter, meine milde Mutter du,
Die auf schimmernden Armen mich trug!
Dann ging an der weichen Brust zur Ruh',
Was stürmisch in meiner schlug.
Blau strahlte dein Blick mir wie Edelgestein,
Und du lachtest mit perlenden Zähnen darein —
O meine mildmagdliche Mutter du,
Gedenkst du noch mein?

O meine Träume, meine trauten Träume ihr,
Die über der dämmernden See
Mit nebelnden Schleiern die Stirne mir
Umfangen zu wonnigem Weh!
Aus den fluthenden Tiefen verschollener Zeit
Klang auf eure Stimme von Glück und von Leid —
O meine trauttrüben Träume ihr,
Wie seid ihr so weit!

— —❖— —

Seltsame Genossen.

Ist das ein seltsamliches Gewander:
Ihr schrittet noch eben vergnügt miteinander
Durch Wälder und Wiesen und Sonnenschein;
Du siehst dich um — da gehst du allein.

Er blieb zurück am Weggeländr,
Das Wort auf den Lippen, er sprach's nicht zu Ende;
Ein wunderbarlich Gebahren, und doch
Scheint dein's verwunderlicher noch.

Ganz ruhig gehst des Weges du weiter,
Hast schnell einen andern vergnügten Begleiter,
Und fröhlich wieder zieht ihr drein
Durch Wälder und Wiesen und Sonnenschein.

So geht's eine Weile, das seltsame Wandern:
Dann kommt es an dich, dann hörst du die Andern
Noch weiter lachen in's sonnige Land,
Und du bleibst einsam am Wegesrand.

———✦———

Aus dem Staub.

Noch immer faßt's mich wundersam:
Vom rauschenden Bergwald hernieder kam
Zur staubigen Landstraß' ich durstend und matt
Und schritt entgegen der fernen Stadt.
Wie anders hier unten die schwüle Luft,
Als droben im kühlenden Haldenduft!
Der Sonnenbrand, wie drückend und schwer,
Nach der Gipfel leichtwogendem Aethermeer!
Verdrossen und langsam schwankte der Fuß —
Da klang mir im Rücken ein Hornesgruß;
Staubwirbelnde Räder, ein dichtes Gewog,
Das den nahenden Wagen den Blicken entzog,
Und meinen verdorrenden Lippen entrang
Ein Laut sich, der nicht wie ein Lobspruch erklang.
Zur Seite trat an den Grabenrand
Ergrimmt ich und hielt vor den Mund mir die Hand;
Und nun auf mich zu mit der Pferde Geschnaub
Weißwolkig umwirbelte dicht mich der Staub —
Mißlautend kreischender Räderton —
Ein peitschenknallender Postillon,
Gleichgültigen Blick's ob dem Viergespann — — —
Da blitzt es vom gelben Wagen mich an,

Schwarzflammende Schrift, ob auch wie mit Rost
Ueberdeckt: „Die Kaiserlich Deutsche Post.“
Im Fluge vorüber schon rasselt und stampft
Das Gefährt, auf's Neu vom Gewölk umdampft,
Mit Pferdegeschnaub und Peitschenknall —
Mir aber, als hätt' ich's zum ersten Mal
Erblickt, mir wollt' es plötzlich die Brust
Zersprengen vor kindisch unbändiger Lust.
Und hinter dem stiebenden Pferdehuf,
Da mußte heraus es mit jauchzendem Ruf,
Aus der schmachtenden Kehle mit lautem Gesang:
Und es flog von dannen der schleppende Gang —
Jahrhunderte flogen an ihm vorbei
Mit Schlachtendonner und Siegesgeschrei —
Umkränzt mit Laub ringsum die Welt,
Und ein flatterndes Banner das Himmelsgezelt! — —
Flog ich im Traum? Da liegt schon die Stadt,
Da hält noch vor'm Posthaus das gelbe Rad —
Im „Deutschen Kaiser“ kehrt' ich ein:
„Herr Wirth, von Eurem edelsten Wein!
Stoßt an mit mir: Auf der Zukunft Hort!
Auf der deutschen Postwagen kaiserlich Wort,
Daran man nicht dreh'n wird und deuteln!“

— ❖ —

Eine Himmelreichfahrt.

Da grüßt den ersten Sonnenstrahl
   Des Postillones Blasen;
Wir kamen aus dem Höllenthal*)
   Mit blaugefrornen Nasen.
Ging's auch vom Walde sturmgeschwind,
   Der Reif flog an die Speichen —
Da nickt ein gastlich Schild im Wind,
   Zwei Tauben drauf als Zeichen. —

Wir fuhren durch die lange Nacht
   Und hörten die Tannen sausen,
Der Mühlen Klapperwerk im Schacht,
   Der Wasser Plätschern und Brausen.
Mitunter flog ein Mondenglanz
   Durch schwarze Felsgespenster
Und wippte wie ein Bachstelzschwanz
   In unsre Kutschenfenster.

Vom Jahrmarkt zu Lenzkirch ging's heim:
   Im Eck der rollenden Bude
Saß steif, wie festgeklebt mit Leim,
   Ein langer Trödeljude.

---

*) Tiefe Felsschlucht unterhalb der Schwarzwald - Paßstraße von
Neustadt-Lenzkirch nach Freiburg.

Bisweilen fuhr sein Ellenbug
   Spitz auf und hob sein Lid sich;
Die Lippe ging, sie überschlug
   Im Traum noch den Profit sich.

Genüber ihm mit breitem Leib
   Und kothigen Stiefelschächten
Ein Roßkamm; ein verrunzelt Weib
   Ihm eingekeilt zur Rechten.
Im Schlaf den Marktkorb unter'm Arm,
   Die Haubenflügel knickend,
Wie eine Glucke ihren Schwarm
   Bedeckt; so saß sie nickend.

Dann ich, und fünf und Sechs sodann
   Vor mir; von ihren Köpfen
Sah ich nicht viel, als dann und wann
   'Nen Schein von blonden Zöpfen.
Zur Seit' ein Hals, um den das Hemd
   Sich schlug in lockrem Falle;
Sie waren sich wie alle fremd
   Und schliefen auch wie alle.

Wir fuhren durch die dunkle Nacht,
   Ich hörte die Tannen sausen,
Der Mühlen Klapperwerk im Schacht,
   Der Wasser Plätschern und Brausen.
Das Auglid fiel auch mir zum Schlaf,
   Zwei Tauben hört' ich gurren
Im Traum aus tiefem Wald; dann traf
   Mich wieder des Gießbachs Murren.

Auf fuhr' ich, und um mich Alles stumm,
　　Nur draußen das Flackern und Schäumen,
Der Pferde Geschnaub und des Windes Gebrumm —
　　Und weiter ging mein Träumen.
Ein Traum verwunderlicher Art:
　　Nun klang es wie Taubengeschnäbel —
Doch ich in hastiger, köstlicher Fahrt
　　Flog hin durch wehende Nebel.

Nur vor mir rann goldblond im Weiß
　　Der Wolken ein Schimmern und Scheinen,
Und seltsam war's, als rühre leis
　　Ein Fuß jetzt an den meinen.
Nicht deuten konnt' ich's; ganz einsam trug
　　Dahin mich das Wehen und Wiegen,
Doch fühlt' ich das Füßchen stets im Flug
　　Sich wärmer an mich schmiegen.

Da stieß in's Horn der Postillon,
　　Aufflogen die Schläfer alle,
Es schnitt der schmetternde Morgenton
　　Durch lustiges Peitschengeknalle.
Erwachend noch fühlt' ich den warmen Druck
　　Aus der Nebel flimmerndem Rinnen —
Da zog mir genüber mit hastigem Ruck
　　Ein Füßchen erschreckt sich von hinnen.

Zwei Wangen sah ich erröthend blühn,
　　Zwei Augen, frühlichtsmunter,
Sie drehten sich mit verleg'nem Bemühn
　　Durch's Fenster in's Thal hinunter.

Daneben rieb sich ein junger Gesell
    Die Augen unbekümmert,
Um den offnen Hals das Hemd, das hell
    Die Wagennacht durchschimmert.

Es flogen die Häuser von Falkensteig,*)
    Es zwitschert' aus blühenden Lauben,
Da nickt im Wind der Maienzweig,
    Grüß Gott euch, ihr beiden Tauben!**)
Die alte Taube mit nickendem Schopf
    Stand behäbig am Treppensteine,
Der jungen Taube braunflatternder Zopf
    Flog schon über goldigem Weine.

Hinaus aus der Kutsche mit Hunger und Durst!
    Die Pferde zum thaufrischen Grase!
Der Jude zog aus dem Fell eine Wurst
    Und sog am Kirschwasserglase.
Das Marktweib saß vor'm Kaffeekrug,
    Ihre Lippen schlürften und schlierten,
Der Roßkamm trank auf einen Zug
    Drei Schoppen und griff nach dem vierten.

Doch kurz nur ist des Lebens Halt
    Und kurz in den „Zwei Tauben".
Zur Weiterfahrt! Die Peitsche knallt,
    Die Rosse klingeln und schnauben. —

---

*) Ortschaft am Ausgang des Höllenthals.
**) „Die zwei Tauben", Poststations-Wirthschaft in Falkensteig.

„Herr Conducteur, hier haben noch
    Zwei Gäste nicht Platz genommen!" —
„Nöt drin? Hol's Kreiz! 'S isch ihre Soch',
    Soll'n schaun, wie's weiter kommen!" —

Und fürder ging's vom Höllenthal
    In's Himmelreich*) hinunter,
Die Almen grün im Sonnenstrahl,
    Die weißen Wasser drunter.
Huija! Halloh! Ich sah hinaus
    Mit fliegenden Gedanken —
Da sah hoch ob dem letzten Haus
    Ich einen Bergpfad schwanken.

Was flimmert drauf im Sonnenschein?
    Bei Gott, das sind zwei Zöpfe!
Ein Weiß rinnt in ihr Goldlicht drein —
    Ist's ein, sind's zwei der Köpfe?
Empor am grauen Felsgestein,
    Nun deckt der Wald sich drüber —
Bei Gott, ich glaub', da geht's zu Zwei'n
    In's Himmelreich hinüber!

---

*) Das „Himmelreich", eine lachende Gebirgslandschaft, die sich
unterhalb des Höllenthals in's Dreisamthal öffnet.

Rheinfahrt.

Ich stand mit ihm am Dampfschiffsbord,
Hinunter fuhren wir den Rhein;
Man hört's ihm an beim ersten Wort,
Ein Niederländer müss er sein.
Aristokrat vom Haupt zum Fuß
Erschien er mir beim ersten Gruß,
Und Alles an ihm nahm mich ein.
Schön stand zu schon ergrauten Haaren
Der Augen jugendheller Schein,
Hoch war sein Wuchs, sein Anstand fein,
Sein Wesen klug und welterfahren,
Und öfters dacht' ich still bei mir:
Du wüßtest gern, wer mag das sein?
Doch gab ich meiner Neubegier
Nicht Ausdruck, und so fuhren wir
Von Rüdesheim bis Sankt Goar
In guter Unterhaltung fort,
Und kurz erst vor dem letztren Ort
Sprach höflich er und laut und klar
Zu mir gewandt mit kurzem Wort:
Mein Name ist Jaap van Swindreck.

Jensen, Gedichte.   3

Ich sah ihm in's Gesicht und dann
Sah seitwärts ich zur Lorelei,
Und wieder drauf sah ihn ich an
Und wieder am Gesicht vorbei
Und sprach: Verzeihen Sie, ich war —
Mein linkes Ohr hört etwas schwer —
Sie sagten: Herr van — ? — Und so klar
Just wie zuvor ergänzte er
Vornehm und leicht: Van Swindreck.

Der Dampfer hielt bei Sankt Goar,
Und rasch mit sonnengoldnem Haar
Vom Land aus dichtem Menschenhaufen —
Wie wenn direkt er, als Modell
Zu einem Engel Raphaël
Vor seiner Leinwand fortgelaufen —
Sprang uns ein Knabe aufs Verdeck
Mit Augen himmelblau und keck,
Wie ein lebendiger Sonnenstrahl;
Ich konnt' den Blick nicht von ihm wenden,
Ein kleines Menschenideal —.
Und plötzlich sah mit beiden Händen
Ich meinen Nachbarn ihn umfassen,
Der küßte zärtlich ihn und sprach
Mit freudig stolzem Blick darnach,
Zu mir gewandt, doch höchst gelassen:
Mein Sohn Jaapje van Swindreck.

Ich weiß nicht, ob ich Antwort gab;
Wir flogen weiter rasch stromab.

Die Burgen und die Berge flogen,
Es plätscherten die grünen Wogen;
In Sonnenglanz und Himmelsblau
Vorüber zogen Wald und Au,
Manch' altumthürmter Mauerrest,
Manch' trotzig ragend Felsennest;
Und gleich den Wellen flog die Zeit —
Nur hob stromauf in hastigem Flug
Mein Träumen sie hinüber weit
Zu lang versunkner Herrlichkeit,
Derweil das Schiff stromab mich trug
Stumm neben Mynheer van Swindreck.

Vorüber zog's wie Geisterjagd,
Der Rhein lag funkelnd wie Smaragd;
Das Schiff verlangsamte den Lauf,
Und wie im Traume sah ich drein.
Am Uferrand von schroffem Stein
Stieg alte Ritterburg dort auf,
Und von ihr nieder her zum Rhein,
Doch wie wenn Luft und Sonnenschein
Ein Federwölkchen abwärts tragen,
Geschritten kam ein Jungfräulein.
Ein Bildniß schien's aus alten Tagen,
So duftumwebt, so märchenhold,
So voller Himmelsseligkeit,
Und doch das Haar wie irdisch Gold,
Die Augen wie Saphirgeschmeid;
Und näher kam sie — war's ein Traum

3*

Der alten Zeit? Auf Wiesengrün
Nun schwebte des Gewandes Saum;
Ich sah die rothen Wangen blühn —
Es hielt das Schiff, ich merkt' es kaum —
Nun, halb ein Kind und halb ein Weib,
Hob sich zum Sprung der schlanke Leib —
Mein Herz befiel's mit jähem Schreck —
Sie flog herüber zum Verdeck,
Ein irdisch Wesen stand sie da,
Wie nicht mein Auge Gleiches sah.
Es kam ein Duft wie von Syringen
Mit ihr zugleich, ein Frühlingsklingen —
Ich konnt' den Blick nicht von ihr wenden —
Da plötzlich sah mit beiden Händen
Ich meinen Nachbarn sie umschlingen,
Der küßte zärtlich ihr Gesicht —
Im Munde stockte mir das Wort,
Ich stotterte: Das ist doch nicht —?
Doch freudig fiel er mir sofort
Mit stolzem Blick und Ton in's Wort:
Meine Tochter Klaartje van Swindreck.

Und weiter flog das Schiff geschwind;
Das Ufer flog, es trieb der Wind
Mit ihrem goldnen Haar sein Spiel,
Die Wellen sangen vor dem Kiel.
Noch immer ging's wie Geisterjagd,
Ich stand allein am Bug mit ihr;
Da drunten flammte der Smaragd,

Da droben blitzte der Saphir.
Die Andern fort, ich stand allein
Mit ihr im Duft und Sonnenschein,
Und lange zaudernd, still und stumm,
Wandt' endlich ich die Stirn herum
Und brachte mühsam halb hervor:
Ich bin — ich glaube, daß ich mich
Vorhin verhört — Ihr Name — ich —
Mir schien's — —. Das Weitere verlor
In stockendem Gemurmel sich.
Sie aber hob die Wimper schnell
Und sah mich freundlich lächelnd an,
Und von den rothen Lippen rann
Es ihr wie Silberglöcklein hell:
Ich heiße Klaartje van Swindreck.

Da hub der Ehrenbreitenstein
Zum Himmelsblau die Stirn hinein;
Mit manchem goldnen Churmesknauf
Stieg Coblenz weiß zur Linken auf.
Die Mosel rauschte in den Rhein,
Zur Brücke glitt der rasche Kiel,
Erreicht war meiner Reise Ziel.
Und eifrig sucht' ich mein Gepäck,
Doch nirgends fand ich's auf dem Deck;
Ich stieg hinunter in den Raum,
Dort endlich fand ich's, kam zurücke
Und setzt' den Fuß nach oben kaum,
Da stieß das Schiff ab von der Brücke.

Ich weiß nicht, wie es kam, — im Traum,
Erschien's mir, ging stromab es fort
Und ich gefangen mit am Bord.
Ich fühlte mit verwirrten Sinnen,
Es trug mich weiter stets von hinnen.
An manchem Quai wohl hielt es an,
Doch immer, eh' ich mich besann,
War's schon vorbei. — Wie wundersam
Blitzt dort ein neuer Riesenquai?
Herr Gott, das ist die Zuidersee!
Herr Gott — ich weiß nicht, wie es kam,
Ich landete in Rotterdam.
Es sank die Zeit, die Zeit sie schwand
Gleichwie des Rhein's smaragdne Welle —
Da lachend kam in's Niederland
Ein rosenwangiger Geselle,
Ein übermüthiger toller Fant —
Ward dort „De Lentemaand" genannt —
Warf Maiengrün nach allen Hüten,
In alle Herzen warf er Blüthen;
Mit seiner Augen Veilchenblau,
Das Haar wie Gold, glich er genau
Dem ersten Büblein meiner Frau,
Geborener van Swindreck.

Vom Hochblauen.

An Klaus Groth.

—————

Schön ist's, o Freund, hier überm Felsgeklüft
Des Tannichts, einsam, hoch in's Blau getaucht,
(Hochblauen heißt's, als sei's danach benannt)
Vom stillen Haupt des dunklen Bergstocks weit
In's leuchtende Gefild hinabzuschaun.
Die Wolke nur, ein schneeig Lichtgebild,
Ein weißes Segel im azurnen Meer,
Schwimmt drüber hin; es kreist der Gabelweih,
Und summend murrt der Wind. Sonst Alles stumm,
Und ohne Laut liegt drunten tief die Welt.

In unermeßner Runde liegt sie da.
Erstarrte Wellen eines Feuersturms
Aus grauer Urzeit, thürmt gen Nord und Ost
Der Schwarzwald rings die Tannengipfel auf;
Von hellerem Felsgestein durchgittert, dort
Durchgrünt von weichem Thal, aus dem, ein Blitz
Doch ohne Klang, die ferne Sense flammt,
Ein Fenster glüht, ein Thurmknauf schillernd gleißt,
Und Wassersturz das weiße Silberband
In's Dunkel wirft. Dann westwärts vor dem Blick
Dehnt unabsehbar sein Gefild der Rhein.

Ein lachend Bild, vom hohen Waskenwald
(Denn also lautet der Vogesen lang
Verderbter heimatlicher Namensklang)
In schöngeschweiften Rahmen eingefaßt.
Aufleuchtend zieht der königliche Strom
Durch reiche Ufer. Tausendfältig rings,
Wie des gestirnten Himmels Abbild, weiß
Mit Stadt und Dorf, mit Thurm und Schloß durchwirkt,
Vom Mittag breiten gegen Mitternacht
Der Sund- und Breisgau Wiese, Korn und Wein.
Vorbei an Breisachs stolz und schreckensvoll
Hernieder ragender Vergangenheit,
Am alten Schöffensitz des Kaiserstuhls
Vorüber, weit hinab, wo dämmerfern,
Ein steingeworden blühend Kranzgewind',
Sich Straßburgs Dom in ewiger Jugend hebt.
Doch dort, stromauf, vom Auge voll erkannt,
Mit grauem, giebelreichem Dachgewirr
Schließt Basileas alte Kaiserstadt
Das glanzverwebte Thal. Grotesk und weich,
Ein bunt Gemisch von Trotz und Anmuth, reckt
Sein vielzerklüftet Haupt der Jura, gelb
Vom Abendlicht bestrahlt, in Frankreichs Blau,
Und hinter ihm zerrinnt im Duft das All.

Kein Laut hier oben als des Windes Hauch
Im leichtbewegten Blatt, und schweigend nun
Mir gegenüber steigt — ein Feuerball,
Als ob zu glühendem Cyclopenang'

Er heimkehr' in des Belchen breite Stirn —
Die Sonne schräg zum Waskenwald hinab.
Mit Schatten überfliegt's in Osten schon
Das Waldgebirg; im Thalgrund schauert's auf,
In schleppend langem Nebelkleide wallt
Aus Kluft und Schlucht die Nacht, vom Dorfthurm klingt
Des Lichtes Scheidegruß; ein zitternd Spiel,
Wie Bienensummen nur verhallt's empor —
„Sie rückt, sie weicht, der Tag ist überlebt — —"

Da plötzlich schießt's im weiten Bogenrund
Des Südens flammengleich in den Zenith.
Wie Fäden, die der Tag verwebt und die
Mit abendlicher Hast die weiße Hand
Penelopes aus ihrem Einschlag löst,
So rinnt ein Schleier hauchverweht dort ab —
Und purpurlodernd hoch und höher glüht,
Dem Nordlicht gleich ob nachtverhüllter Welt,
Ein Rosenkranz um ein Titanenhaupt,
Vom Firn des Ortler bis an den Montblanc
Der Alpen riesenhaftes Schneegezack.

Mich aber schwebend, hoch ob Berg und Strom
Auf der Gedanken, der Erinn'rung Flug
Zur alten Heimat trägt's mich fern hinab.
Zum weißen Strand, an dem jetzt ebenso
Des goldgelockten Gottes Lichtgespann —
Vielleicht vor Deinem Blick — in's blaue Meer
Zu Thetis weichem Arm hinuntertaucht.

Ein stählern Riesenschild dehnt sich die See,
Nur auf dem unbewegten Spiegel rinnt
Ein blendend Glanzlicht und ein tiefes Glühn;
Der Sandhalm flirrt, ein schneeig Segel blitzt,
Die graue Möve zieht mit kurzem Schrei
Am Ufer hin, derweil ihr Schatten weit
Landein in's gelbe Korn zum stillen Rand
Des Buchwalds schwebt. Fern von der Düne irrt
Ein Diamantstrahl noch vom Scheibenrund
Der Fischerhütte, loht und lischt. Der Tag
Ist überlebt auch hier — Du schreitest heim.

So stehen heut', o Freund und Zeitgenoß,
In Nord und Süd wir an Germaniens
Uralten Marken, die der deutsche Arm —
Wie kurz erst ist's! — dem Reich zurückgewann.
Kaum ein Jahrzehnt — da hätten Beid' wir noch
Auf schwer-jahrhundertalte Schmach geschaut:
Dich trüg' der Blick in dänisches Gefild,
Und hier zu Füßen schlüge Frankreichs Hohn
Vom Jenseitsrand des deutschen Stromes Gluth
Und Scham mir in's Gesicht. — Was auf den Knien
Des Göttervaters uns an einzelnem
Geschick auch ruhn mag, Freund, deß' sei'n wir stolz
Und dankerfüllt, daß aus der Wage uns
Das goldne Loos fiel, diese Zeit zu sehn,
Den Tag, der solchen Sonnenuntergang
Zu schauen uns gewährt, den deutscher Gruß
Von den Vogesen bis zum Belt durchklingt.

Ja, schön, vom leisen Zug der Königsau,
Bis wo der Rhein mit dumpfem Donnerhall
Im ewig weißen Sturz sich selbst begräbt,
Ist unser altes, unser neues Reich.
Schön ist's, wie drunten tausendfältig hell
Der Pfad, der Weg, die breite Straße rings
Von Ort zu Ort, von Berg zu Thal sich krümmt.
Zur Scheuer zieht auf ihr die Ernte heim;
Zum Nachbardorf, mit Sang und Saite mich
Bis hierher grüßend, drängt ein froher Schwarm.
Auf schroffem Steig vereinzelt drüben sucht
Vor Nacht ein arbeitsmüder Wandrer Rast
Am Heimatsherd, den grüne Bergtrift still
Und traut umschließt — da stiebt ein weiß Gewölk
Tief drunten auf und ringelt schuppig sich
Zu langem Schlangenleib, der stets zerfließt
Und vorwärts züngelnd doch sich stets erneut.
Wie Sturmgevögels schriller Wetterpfiff
Verhallend tönt's empor; nun stockt's und hält,
Und nun auf's Neu schon ringelt's sich und kriecht
Gen Norden fort. Gleich einer Schnecke scheint's,
Doch athemlos in Wahrheit braust der Zug
Da drunten, auch im festen Weggeleis,
Und trägt der Hände, der Gedanken Werk,
Des Bodens Frucht, der fremde Kostbarkeit
In eiligem Flug jedwedem Harren zu.
Der Frieden ist's, der segenspendende,
Der hunderttausendfältig Arm und Fuß,
Der Haupt und Herz auf allen Wegen regt.

Ein blühend Antlitz, schmiegt zu meinem Fuß
Er rebumlaubt und heimlich tannumrauscht
Die Götterstirn vom deutschen Waskenwald
Bis an des Höhgaus Siebenhügeldom,
Und seines Mundes Sonnenlächeln scheucht
Vom Blau des Aethers drüber jeden Flor.

Nur dort — ist es ein Schatten, ein Gewölk? —
Wo fern im West am rothen Horizont
Der Waskenwald zum Jura niedersteigt,
Reckt's aus der Lücke seltsam sich herauf,
Emporgestuft, ein nebelndes Phantom.
Drin manchmal hastig zuckt's wie blauer Stahl
Und funkelt auf und grollend rollt es nach
Und schüttert dumpf im Elsaß bis zum Rhein
Den grünen Boden. Ist es Wettersturm,
Der wuthgepeitscht zur Nacht von West her dräut —
Zur Nacht, wenn Deutschland schliefe? — Horch, da dröhnt's!
Kein Donner ist's; von Belforts Felsenwall
Hallt des Geschützes Aufkrach dumpf heran.
Die graue Dämmrung fällt zu Thal; im Süd
Welkt farblos von der Jungfrau weißer Stirn
Das Rosendiadem; die Welt versinkt.
'S ist Zeit zur Ruhe, Freund; hab' gute Nacht!
Und leg' getrost zum Schlaf Dich! Wenn zur Nacht
Von West ein Wetter aufbräch' — Deutschland wacht.

Auf der Frohburg.

1.

Hier auf mittagsstiller Wiese
    Unter nickend grünem Strauch,
Wie vom fernen Paradiese
    Meiner Kindheit weht ein Hauch.

Ueber mir in blauen Lüften
    Nur der weißen Wolken Glanz;
Um mich her ob Blüthendüften
    Nur der weißen Falter Tanz.

Drüben war es, am Beginnen,
    Weit dahin durch Raum und Zeit —
Und in Duft und Nebel rinnen
    Eines Lebens Lust und Leid.

Eines Lebens Glück und Trauer
    Schwindet hin wie bleicher Traum,
Und es rauscht im Mittagsschauer
    Ueber mir wie einst der Baum.

Flüsternd bebt der Halm im Winde,
Und durch's stille Waldgefild
Heute noch wie einst dem Kinde
Pocht ein Sehnen, ungestillt.

*   .   *

Wie vom Wind gefaßte Ranken
Sich am Waldesrand begegnen,
So begegnen sich Gedanken,
Die im Hauch des Mittags schwanken,
Und sie haschen mit verwegnen
Kletterfäden nach den Sinnen,
Bis sie schwebend sich umfangen
Und in webendem Verlangen
Eng sich um einander spinnen.

Nicht vermag's der Mund zu nennen,
Was in Traumeswunderstunden
So zum Bunde sich gefunden,
Und der Wind nicht mehr zu trennen,
Was unlösbar sich umwunden.
Und die rankenden Gedanken,
Von einander nicht zu scheiden,
Müssen miteinander schwanken,
Miteinander blüh'n und leiden.

* * *

3.

Hell blitzt im gelben Korngewog die Sichel auf;
Wie blüthenbunt von Mohn und schneegesterntem Kelch,
Mit weißem Mieder, rothem Kopftuch überflockt,
Dehnt sich die Hochtrift, grünerstarrten Wellen gleich.
In heißer Arbeit ringt des Lebens Mühsal dort,
Doch scheint's im holden Wechsellicht von Blau und Gold
Ein farbig Spiel nur, sorgenloser Falter Tanz.
Nun tönt vom Dorf, das drunten tief im Felsenspalt
Verborgen ruht, der frühen Feierglocke Ruf;
Gleich Wandervögeln schwindet's hier und dort hinab,
Sie ziehen heim, und reglos liegt die Mittagswelt.
Nur mälig kürzer schrumpfen noch die Schatten ein,
Dann ist's, als stünd' ein schweigend Weilchen still die Zeit
Und raste mit in mühvergessenem Sonnentraum.

• • •

Frühmorgen im Jura.

Hoch schreit' ich auf den stillen Matten,
  Vorüber fliegt mir am Gesicht
Nun windgepeitschter Wolkenschatten,
  Nun goldausströmend Himmelslicht.

Vom Sturm das Astwerk kraus verbogen,
  Wie Sprößling einer Kadmussaat,
Rauscht hier und dort gleich Brandungswogen
  Ein Wipfel hoch vom Sandsteingrat.

Ein Bergfalk jagt im Windeskampfe
  Und schießt, wo jäh der Fels zerschellt,
Hinab zum weißen Nebeldampfe,
  Und tief darunter schläft die Welt.

* * *

Mir hat zur Nacht von dir geträumt:
   Die Wolken zogen schwer und dicht,
Du aber standest goldumsäumt
   Hoch über mir in blauem Licht.

Zu Füßen lag dir weißer Firn,
   Dein Haar umschlang ein Sonnenband,
Es strahlte unter deiner Stirn
   Der Augen Doppeldiamant.

Du winktest mir hinauf zum Licht —
   Da wacht' ich auf im Dämmerschein,
Die Wolken zogen schwer und dicht
   Um mich am trüben Felsgestein.

Doch immer noch, noch immerdar,
   Trotz Wettersturm und Wolkengrau,
Liegt über mir es wunderbar
   Wie Sonnengold und Himmelsblau.

*   *   *

Der schönen Freundin.

Schöne Freundin des Menschengeschlechtes,
Langsam alternde, die du dem Ersten
Unsers Stammes einst tröstend gelächelt,
    Als er emporsah.

Irr, ein Fremdling im blauenden Räthsel
Ihm zu Häupten. Du aber geduldig
Löstest ihm von dem dunkelgebor'nen
    Auge den Schleier.

Und er ging und es folgten ihm Andre,
Unabsehbaren Zug's, und du lenktest
Ihren suchenden Fuß, du beschirmtest
    Treu ihre Kindheit.

Hunger stilltest du ihnen und Durst mit
Muttersorgfalt; du helltest mit deinem
Licht ihr Haupt und erfülltest mit warmer
    Sehnsucht ihr Herzblut.

Und sie wuchsen wie Wellen des Fluthdrangs,
Und sie zogen wie Wolken im Meerwind,
Und wo immer dein Antlitz sie fanden,
    Ward ihre Heimat.

Gold'ne Mutter, auch ich bin dein Kind ja,
Das vom Traum in's Erwachen du küßtest,
Dem du freudigen, fühlenden Herzschlag
    Liehest — o Dank dir!

Dank dir, daß mir in leuchtender Schönheit,
Wie dem Ahnherren unsers Geschlechtes,
Ew'ge Jugend dein blühendes Antlitz,
    Mutter, noch lächelt!

Daß ich heim zu den schweigenden Schatten
Schreiten werde, bevor von den Runzeln,
Ach, des Alters auch deinen geliebten
    Blick ich umflort sah.

Daß im Wechsel, der Alles dahinrafft,
Was im Herzen erblühte, doch einzig
Du als Herrscherin über ihm scheinest,
    Göttliche Sonne!

*   *   *

7.

Hat je, derweil in frostig dunkler Waldeskluft
Du, kalt umschauert, pfadlos durch die Wildniß rangst,
Fast wie ein Hauch von Geisterlippen plötzlich dich
Ein Odem heißen Tannenduftes überströmt?
Dein Fuß hält inne, märchenhaft sind Ohr und Aug'
Versunken ganz in süß geheimer Sinnenlust,
Und umgewandelt liegt die Welt, fremd und vertraut,
Als hättest du in Vorzeitsträumen anderen Stern's
Sie so gewahrt. Verzaubert klingt im Laubgeflecht
Der Vogellaut; mit Blumenangesichtern nickt
Die Lichtung rings. Als ob in eine Heimat du
Gelangt, wo Alles wundertraulich dich umfängt,
Zieht es zur Rast dich, und ein lieblich Räthsel nur
Klopft durch die Sonnenstille dir das rasche Herz. —
So, wenn du müd' und hoffnungsarm auf leerem Pfad
Des Lebens, einsam, ziellos durch die Tage dringst,
Umfängt dich plötzlich eines Auges Sonnenblick
Und überströmt dich mit der Liebe Heimatlicht.

●   ●   ●

8.

Wie die letzten rothen Säume
Nun am Horizont verglimmen
Und auf weichen Windesstimmen
Abendträume
Durch das Sommerdunkel schwimmen —
Denk' ich Eurer, deren Wangen
Blühend einst um mich gelacht,
Die mein volles Herz umfangen,
Die gegangen
Vor mir in die stille Nacht.

Eure leisen Schatten schweben
Um mich auf wie Geisterflüge,
Und die lang verblichnen Züge,
Sie beleben
Sich zu süßer Traumeslüge —
Doch sie rinnen, sie entgleiten,
Wie die Hand sich streckt, in Nacht,
Nur der Jugend Sterne schreiten
Durch die Weiten
Ueber mir in alter Pracht.

Im vollen Kranz des Erntemondes lacht die Welt:
Hoch steht im Blau der Sommerwolke Schneegebild,
Und träumend schlendert mit dem Fuß die Seele hin.
Vom Bergeshang ein tausendfältig Lichtgewog
Buntfarbiger Blüthen, duftumwebt und hoffnungslicht.
Da schimmernd winkt's vom Schattenrand des Waldgezweig's
Gleich blassem Stern auch aus der Wiese Teppichgrund,
Ein einziger Kelch, als ob für Elfenlippen er
Den Thau der Nacht gesammelt. Näher zieht's den Fuß
Und streckt die Hand — da bist du's, kolchisch Kelchgefäß,
Das an Medeas dunklen Zaubertrunk gemahnt.
Vom Waldgrund überschauert's mich mit kühlem Hauch,
Und wie auf blühend schönen Weibes Scheitel nickt
Ein weißes Haar, ein erstes, Herbstzeitlose du,
Die Künderin und Sinnbild der Vergänglichkeit.

* . *

Der Himmel blitzt vom Mittagsgolde
    Und keine Wolke trübt sein Blau,
Es nickt die rosenblasse Dolde
    Rundum, gefüllt mit lichtem Thau;
Im Felde sammeln sich die Staare,
    Ein gelbes Blatt flirrt hin und her —
Das ist der Herbst, der stille, klare,
    O Freund, das ist kein Sommer mehr.

Und friedlich bringt der Tag entgegen
    In Wechselstunden Ernst und Scherz,
Und ruhevoll mit gleichen Schlägen
    Freut seiner Habe sich das Herz;
Ein kühler Hauch spielt bleich die Haare
    Um Schläfenrande hin und her —
Das ist der Herbst, der stille, klare,
    O Herz, das ist kein Sommer mehr.

Im Jura 1878.

I

Ein weißer Eiswall schließt im Süd die Welt:
　　Draus hebt vom ältesten der Erdenthrone
　　Die Jungfrau sich in diamantner Krone.
Wie stets, ist nah dem Thron der Mönch gesellt,
Und unter blauem Baldachingezelt
　　Blickt unbewegt die fürstliche Matrone
　　Herab auf Alles, was im schweren Frohne
Des Lebens unablässig kämpft und fällt.

Wie Nebel schwinden Völker ihr und Zeiten;
　　Sie zieh'n vorbei mit ihren lauten Fragen,
Die kalten Echo's Antwort nur erstreiten.
　　Doch dort, wo grau die Jurazacken ragen,
Dort seh' ich einen großen Schatten schreiten
　　Und seh' der Menschheit Buch mir aufgeschlagen.

*　　*　　*

2.

Zu hoch sind die Unnahbaren dort oben,
   Die Menschenbrust versagt in ihren Lüften,
   Es stürzt der Fuß in dunklen Felsenklüften,
Eh' er empor zu ihrem Glanz gehoben.
Und wem's gelang, nicht straflos stand er droben,
   Wer zu der Götter ewigen Nektardüften
   Sich an den Tisch gesetzt, denn über Grüften
Aus Wolkentrug nur war sein Sitz gewoben.

Drum nicht zu jenen Riesenscheiteln wage
   Den Blick hinan! Ihr erz'ner Mund ist stumm
Für dein Gehör. Nicht den Olymp befrage!
   Dort grünen Hügel deiner Art — blick' um,
Dort schritt ein Abbild deiner Erdentage
   Und sprach der Menschheit Evangelium.

* * *

3.

Was ist die Spanne menschlicher Geschichte
　　Für jene weißen Stirnen? Nur ein Hall,
　　Mit dem sich stäubend der Lawine Fall
Zu ihrem Fuß begräbt.　In ewigem Lichte
Steh'n schweigend sie mit gleichem Angesichte,
　　Dem Leben fremd, halb dem gestirnten All
　　Schon zugesellt.　So sah sie Hannibal,
So kalt und harrend werden zu Gerichte

Einst ob dem Grab der Menschheit noch sie thronen. —
　　Doch unser Schritt auf kurz bemessenen Wegen,
Er rechnet nicht nach schweigenden Aeonen,
　　Er zählt nach warm empfundenen Herzensschlägen,
Und nur aus jenen nied'ren, warmen Zonen
　　Des Wandelbaren quillt für uns der Segen.

•　•　•

4.

Und in der Zeit, der Luft für unser Denken,
  Dort über jener Felsen graue Brücke
  Um ein Jahrhundert trägt es mich zurücke.
Und unter jenen grauen Felsenbänken
Nun hier, nun dort, ruhlose Schritte lenken
  Seh' einen Fuß ich, jedem Erdenglücke
  Verfeindet — nicht von blinder Schicksalstücke,
Doch von der Herrschgier und der Dummheit Ränken.

Der Größten Einen, die zur Welt geboren,
  Der Weisesten, der Gütig-Besten Einen
Seh ich verfolgt von Heuchlern und von Thoren,
  Die stets hienieden sich zum Bund vereinen:
Sein: Steinigt! ruft den wohlgeschulten Ohren
  Der Priester, und der Pöbel wirft mit Steinen.

* * *

5.

Da horch! was ist's? Ein seltsam Klanggemenge
 Trägt fern herauf des Westes weicher Flügel.
  Ein Jubelgruß zum grauen Jurahügel:
Von hundert Thürmen wogen Glockenklänge,
Von tausend Lippen jauchzen Dankgesänge
  Bis an der Alpen weiße Felsenriegel,
 Und aus des schönsten Seees blauem Spiegel
Rückstrahlend taucht ein leuchtend Festgepränge.

Zum Sonntag ward der Werkeltag. Es ruht
 Der Arbeit Hand, es schlummert in den Schloten
Der hastige Rauch. Wer hat wie Mondesflut
 Des Gassenbettes Wellen heut entboten,
Der Zungen Wettruf und der Herzen Glut? —
 Du fragst? — Sie feiern einen großen Todten.

✦ ✦ ✦

6.

Die Heimat feiert ihn, die ihn gebar,
  Die ihn verstieß; die stets, wo fremde Milde
  An ihren Herd ihn lud, gleich einem Wilde
Ihn weiterhetzte. Die wie nächtige Mar
Ihn auftrieb und sein Antlitz vom Altar
  Erhub gleich dem Medusenebenbilde,
  Bis er auf fremdem, freundlosem Gefilde
Zu Boden brach. Heut' sind es hundert Jahr'.

Ein Jubelschmettern grüßt mich durch die Lüfte — —
  Mir aber ist's, als kläng' durch ihr Halloh
Ein Hallali! der grauen Juraklüfte.
  Als klänge dort hinüber irgendwo
Ein bittres Lachen aus dem Staub der Grüfte — —
  Dich feiert heute Genf, Jean Jacques Rousseau.

*   *   *

7.

Sie jauchzen, daß die Nachwelt ein gerechtes
 Urtheil Dir sprach. Doch nein — nicht sich allein
 Zum Hohn erhuben sie dein Bild von Stein —
Ein Hohnfest ist's des menschlichen Geschlechtes.
Ein Siegelbrief des ewigen Erdenrechtes
 Der Geistesgröße: Anders nichts zu sein,
 Als, nun gekreuzigt, nun gekrönt, nur ein
Idol des wechselnd rohen Götzenknechtes.

Die Posse neuer Bundesladentänze
 Vor einer neuen Satzung Paragraphen —
In stätig gleich umengter Weidegrenze
 Der Hirten Pfiff und das Geblök von Schafen —
Und mehr an Werth nicht sind die heutigen Kränze,
 Als jene Steine, die dich lebend trafen.

* * *

Doch ein Jahrhundert schritt ob deinem Grab,
  Dem deines Geistes Siegel aufgedrückt,
  Das dir, von keiner Zeit hinweggerückt,
Als Denkmal bleiben wird. Du warst der Stab,
Den es der blinden Menschheit Fortschritt gab,
  Der Steg, der ihren Abgrund überbrückt,
  Der Quell, auf den die Lippen sie gebückt —
Und deine Asche nur sank stumm hinab.

Es blieb der Blitz, der deinen Geist entzündet,
  Es blieb das Licht, das uns erwärmt, erhellt,
Das sonnenhaft uns neuen Lenz begründet.
  Dein Leben ward von Haß und Hohn vergällt,
Doch blieb der Liebe Wort, das es verkündet,
  Der Herzschlag einer neu erlösten Welt.

* * *

Wo sind sie nun, die Götter jener Zeit,
   Die Glanzumstrahlten und die Machtbeglückten,
   Vor denen Sklaven sich im Staube bückten?
In Staub zerfallen ihre Herrlichkeit,
In Nacht erloschen nun ihr Stirngeschmeid',
   Im Wind verweht die Namen, die sie schmückten —
   Es blieb von ihnen, daß sie dich bedrückten,
Ein Schattenwurf von deinem Sonnenkleid.

Verleiht Ersatz die Welt so dem verlor'nen,
   Zerstörten Lebensglück? Ich wäg' es nicht —
Doch überschauert es den Nachgebor'nen:
   Wie Macht und Stolz in leere Scherben bricht,
Und den zu ihrem Opfer Auserkor'nen
   Der Lorbeer der Unsterblichkeit umflicht.

*   *   *

10.

Und dennoch, ob das Leben dich verwaist
An allen Freuden, deinen Tag in Nacht
Verschattet hielt und nichts dir zugebracht
Von dem, was man des Lebens Güter heißt —
Dir selbst zum Trotz hielt'st du von einem Geist
Nach weisem Plan das Weltall vorbedacht,
Von höchstem Rathschluß, höchster Liebeswacht
Im Wandel der Gestirne dich umkreist.

Der grünen Berge freudig Lichtrevier,
Der Felsen Dombau und der Almen Blüthe,
Der Wälder golddurchspielte Frühlingszier,
Mit süßem Schauer löften vom Gemüthe
Die Schatten sie dir fort und sprachen dir
Den Trost von eines Gottes Macht und Güte.

*   *   *

II

Ja, ein Jahrhundert ging. Und auf den Stätten,
   Die du geweiht, ruht heut' mein Blick; doch nicht
   Mit deiner stillen Trosteszuversicht,
Vor der des Leides Wogen sanft sich glätten.
Denn jene grau gethürmten Felsenketten,
   Von wilder Glut nur schau ich sie an's Licht
   Heraufgeworfen und ihr Angesicht
Geformt in eisumstarrten Gletscherbetten.

Und langsam schau ich ein erkaltet Erz
   Bedeckt von Wäldern, Triften, Blüthenzier,
Von Thorheit und Vernunft, von Lust und Schmerz —
   Doch leer und kalt den Himmel über mir —
Und ob in Gram dein Leben schwand, mein Herz
   Durchbebt's: Du warest glücklicher als wir.

Was gilt's und wem! Wir treiben auf den Wellen,
Und unsre Bahn, wir müssen sie vollenden
Mit eignem Kopf und Fuß, mit Herz und Händen
Und unsere Segel muthig vorwärtsschwellen.
Die Sterne, drauf wir unsre Fahrt zu stellen
Gewähnt, erloschen unter Wetterwänden,
Die Compaßnadel kreist in irrem Wenden,
Und hohl im Nebel rollt der Brandung Schellen.

So heißt's, am Steuer harr'n mit festen Sinnen,
So heißt es, rastlos in der Tiefe lothen
Und Schritt um Schritt uns sich'ren Weg gewinnen.
Und tröstlich ob der Fluth, gleich jenem Boten
Des Oelzweig's, winkt mir durch das Nebelrinnen
Dein Antlitz hier, du Treu'ster der Piloten!

Frau Venus.

Fragmentblätter einer Novelle.

———✺———

Willst du's deutlich dir enthüllen,
Mußt du selbst die Lücken füllen,
Sie empfinden, sie verweben
Und in eigner Brust beleben.

Blätter, leicht im Winde schwankend,
Hierhin neigend, dorthin rankend;
Halb erträumt und halb geschehen,
Doch entkeimt, um zu verwehen;
Jedes Frühlings neue Märe,
Jedes Herbstes alte Lehre.

Frau Venus, wie haſt du ſo ſchöne
 Heut Morgen dich angethan,
Als dich noch meine Augen
 In alle Zeit nicht ſahn!
Die Sterne des Himmels alle
 Zerrannen in bleichem Neid,
Sie waren nur blaſſe Kryſtalle
 An deinem Demantenkleid.

Ich ſtand auf Bergeshöhe,
 Mir ſchien's wie ſeliger Traum:
Es war die Morgenröthe
 Nur deines Gewandes Saum,
Das hatte zu Perlengefunkel
 Verwandelt die Schatten der Nacht;
Trüb ſchritt der Mond in's Dunkel,
 Erſchrocken vor deiner Pracht.

Erſchrocken vor deinem Glanze
 Barg ſelbſt die Sonn' ihr Geſicht
Und hielt in Nebelſchleier
 Gehüllt ihr zögerndes Licht;

Du haft mit alleinigem Scheine
   Du Erd' und Himmel erhellt —
Ich glaub', du regiereft alleine,
   Frau Venus, die ganze Welt!

So will auch ich die Hände
   Aufftrecken zu deinem Thron,
So will auch ich die Kniee
   Dir beugen in Demuthsfrohn:
Zu dir, Frau Venus, red' ich
   Mit Hand und Herz und Haupt:
Frau Venus, sei mir gnädig,
   Der stets an dich geglaubt!

I.

Ganz still; es liegt der Mittagsschein
Wie Flammen auf den fernen Bergesmatten;
Ein Hauch wacht auf und schlummert ein,
Und lautlos kürzen sich die Giebelschatten.

Vom Garten leisen Athems weht
Ein heißer Duft von Thymian und Lavendel,
Und leise hin und wieder geht
Der alten Wanduhr Amourettenpendel.

So ging in meiner Kindheit schon
Er tickend auf und ab die gleichen Wege,
Und durch die Stille klingt sein Ton
Gleichwie verschollener Zeiten Herzensschläge.

Was will ihr Raunen heut' — was rinnt
Durch's eigne Herz mir heut' aus ihrem Klange,
Daß es zu pochen auch beginnt
So lebenssüß und doch so todesbange?

Umfängt in dieser Stille mich
Ein schauernd unsichtbares Geisterweben,
Und ringt begrabene Liebe sich
In meinem Herzen auf nach neuem Leben?

Was läßt du deine Nebel wallen,
Was läßt du Blatt um Blatt entfallen
　　Vom grauen Stamm, o Herbstesstund',
Und tödtest nicht die Kraft des Lebens,
Des rastlos neuen Frühlingswebens
　　In seiner Wurzel tiefstem Grund?

Was zählst du schleichend mir die Jahre,
Was färbst du langsam mir die Haare
　　Und furcht die Stirn dein spielend Erz?
O sende deinen schnellsten Boten
Und mit der Schattenhand der Todten
　　Berühre mein rebellisch Herz!

*　　*　　*

3.

Trat aus langer Wochen Nebel
　　Böse Fee zu mir heran,
Die ein Netz von grauen Fäden
　　Mir um Herz und Sinne spann.

Da betraf mich deiner Augen
　　Wundersamer Rettungsstrahl,
Und befreit aus dumpfem Stocken
　　Schlug mein Herz zum ersten Mal.

Deine kleinen Hände schwebten
　　Lösend leise her und hin
Vor dem Lächeln deiner Lippen
　　Schwand das trübe Nachtgespinn.

Tief nach Odem ringend, wähnte
　　Die beklommene Brust sich frei,
Wußte nicht, daß sie in andern
　　Banden nur gefangen sei.

Denn wer löst bei Tag und Nächten
　　Nun den neubestrickten Sinn
Mir von deinem eignen, holden
　　Bann, du süße Zauberin?

*　*　*

4.

Wo nur ich schreite
    Durch's Herbstgefild,
Geht mir zur Seite
    Dein lieblich Bild.

Von seinen Füßen,
    Wohin sie gehn,
Grün muß ich sprießen
    Den Boden sehn.

Um mich nur trauert
    Ein ödes Feld,
Von Reif umschauert
    Liegt müd' die Welt.

Doch Blumen breiten
    Sich lichtumthau't,
Wohin im Schreiten
    Dein Auge blau't.

Wohin im Neigen
    Streift deine Hand,
Aus Blüthenzweigen
    Glänzt dein Gewand. —

Wo nur ich schreite
    Durch's Herbstgefild,
Giebt mir Geleite
    Dein Frühlingsbild.

* * *

5.

Nun bringt der Herbst mir Veilchen,
  Sie duften, wie im März —
Was wollt ihr die Tage mir wandeln?
  Was schlägst du wie einst, mein Herz?

Was pochst du in hastigen Schlägen,
  Als folge dem März der Mai? —
Vorüber, vorüber, ihr Träume!
  Nur Träume seid ihr — vorbei!

* * *

6.

Sprich, mein Herz, was so dich beglückt!
Ist es der März, der mit Blumen sich schmückt?

Ist es der Wind, der vom Bergeshang
Summet so lind seinen Lenzesgesang?

Plätschert der Bach mit silberner Flut
Lieblich wach dir das eigene Blut?

Lächelt sein Gold der Sonnenschein
Märchenhold durch die Brust dir hinein?

Schmeichelt die Luft so süß und so weich?
Steigt der Duft aus der Erde so reich?

Ist's weil dich traf eines Auges Strahl,
Süßer als Himmel und Erde zumal?

Sprich, mein Herz, was so dich beglückt,
Daß sich der März zum Mai dir geschmückt!

*   •   *

Was nie der Stolz des Herzens,
　　Was nie der Mund gesteht,
Es bebt im Blick des Auges,
　　Das einmal sich verräth,

Daß einmal sein Geheimniß
　　Aufglänzt, wie Sternenlicht
Das aus der dunklen Tiefe
　　Des stummen Himmels bricht.

Und mögen Wolken drüber
　　Sich drängen lang und dicht,
Wem einmal so geleuchtet
　　Ein Stern, vergißt ihn nicht.

Und ob gedankenschnell nur
　　Des Blickes Traumgespinn,
Wem einmal so er grüßte,
　　Gab er ein Leben hin.

*　　*　　*

8.

Von Allem, was der Himmel schuf,
   Was ist dir, süßer Frühling, gleich?
   Mit deinem blauen Märchenreich,
Mit deiner Lerchen erstem Ruf,
Mit deiner glanzdurchwebten Luft,
   Mit deinen holden Kindern all,
   Mit deiner Blüthen Ueberschwall,
Mit deiner Rosen Jugendduft — ?
Doch hat mich nichts in's Herz hinab
   So süß durchbebt mit Frühlingslust,
   Als welk und arm an deiner Brust
Der Strauß, den ich dir blühend gab.

*   •   *

9.

Ist denn nur in einem langen
Traum vergangen
    Mir der Jahre Lust und Leid,
Daß mich deine süßen Wangen
Heut' gefangen
    Halten wie in Frühlingszeit?

Sind denn Traum auch nur der Flocken
Weiße Docken,
    Die mir schon die Stirn umreift,
Daß mein Herz noch jäh erschrocken,
Als die Locken
    Deiner Schläfe mich gestreift?

Ach, was kommst du, zu umschlingen,
Zu umklingen
    Mit Bethörung dich und mich?
Eines Frühlings Lichtsyringen
Mir zu bringen,
    Der auf immer von mir wich?

Deinen Wahn nicht dir zu Füßen
Laß mich büßen —
    Fern nur laß, du holder Mai,
Mich in deines Auges süßen
Lenzesgrüßen
    Träumen, daß noch jung ich sei!

•   •   •

10.

Das ist süßeste Füll'
    Aller Himmelswonnen,
Die nichts Anderes will,
Als heimlich und still
    Zwei Herzen durchsonnen.

Zwei Herzen, die beid'
    Nichts begehren, verlangen,
Als nur allezeit
Sich mit seligem Leid
    Im Traum zu umfangen.

*   *   *

II

Die Knospe, die du mir gegeben,
Die welk nach Haus ich heimgebracht,
    Ein Wunder hat zu neuem Leben
Sie aufgeschlossen über Nacht.

    Mein Blick sah staunend sie am Morgen
In ihrer vollen Rosenpracht —
    Was hat aus ihrem Kelch verborgen
Den Duft ergossen über Nacht?

    Nicht Antwort wollte sie mir geben,
Und nur mein Herz hat still gedacht:
    Das deine hab' mit stummem Beben
Sie hold durchflossen über Nacht.

* * *

12.

O holdes Vergehn
  Des dämmernden Tages:
Still lauschend zu stehn
In der Blätter Wehn
  Und zu harren des summenden Glockenschlages.

Da rauscht dein Gewand —
  O wonnige Stunde —
Am Treppenrand
Auf die kleine Hand
  Neig' ich mich nieder mit seligem Munde.

Kein Laut, als nur
  Des Regens Tropfen,
Als vom dunklen Flur
Das Ticken der Uhr
  Und beines Herzens hastiges Klopfen.

Im letzten Schein
  Ein weißer Schimmer
Des Armes allein,
Doch leuchten darein
  Zwei Augen wie zitternder Sterne Geflimmer.

Da redet's und lacht,
  Da kommt es gegangen —
Nun flüstert es sacht:
Gute Nacht! — Gute Nacht! —
  Und der Regen umbraust mir die glühenden Wangen.

*   *   *

13.

In der Menge fremdem Kreise
Laß mich harren vor den Thüren,
Wenn du nahst im Festgewand;
Einmal nur verstohlener Weise
Laß mich rühren
Deine kleine weiße Hand —
Einen Hauch nur süß und leise
Laß mich spüren,
Streifend meiner Schläfe Rand.

Dann im mitternächtigen Schweigen
Dunkler, winteröder Bäume
Harrend ferne will ich stehn,
Durch den lauten Festesreigen
Lichter Räume
Deinen Schatten schweben sehn,
Daß aus reifumstarrten Zweigen
Frühlingsträume
Süß durch meine Seele gehn.

* * *

14.

Der hat wohl reich erfahren,
    Wie voll das Leben blüht,
Der mit erbleichten Haaren
    In Liebe noch erglüht.

Dem mag wohl offenbaren
    Sich aller Wunder Buch,
Dem noch in grauen Haaren
    Ein Herz entgegenschlug.

Der Sommer geht zur Wende,
    In Garben steht das Feld,
O Frühling sonder Ende,
    O süße Blüthenwelt!

Der Sommer geht zur Wende,
    Die Bäume stehn entlaubt,
Doch in die weißen Hände
    Leg' ich mein graues Haupt.

* * *

Schön ist Liebe, die sich offen
　　Vor dem Licht des Tag's bekennt,
Die vor keinem Blick betroffen
　　Scheu den Strahl der Augen trennt,
Und ihr Sehnen und ihr Hoffen
　　Mit beglückten Lippen nennt.

Aber süßer, ach, vielleicht
　　Ist die Liebe, die zum Herzen
Wie ein scheuer Frevler schleicht;
　　Die im Jubel ihren Schmerzen
Nie entrinnt und unerreicht
　　Um des Glückes Altarkerzen
Wie ein nächt'ger Falter streicht.

Die sich bang im Dunkel findet,
　　Die mit athemloser Brust
Hastig-heimlich sich umwindet,
　　Ihrer Schuld sich stets bewußt;
Ihre Lippen nur verbindet,
Daß wie Traum das Glück ihr schwindet,
　　Doch mit höchster Liebeslust
Auch der Liebe Leid empfindet.

Süßer, ach, vielleicht umfangen
   Von der Liebe Seligkeit,
Als die ruhevollen Wangen,
   Die von Schuld und Scheu befreit;
Süßer, ach, ist dieses Bangen,
Dies Erringen, dies Verlangen,
   Dieses Glück und dieses Leid!

*   *   *

16.

Deine allzu kühlen Briefe
  Mahnen mich an kühle Quellen,
Die aus felsiger Bergestiefe
  Ihre klaren Wasser schwellen.

Plaudernd plätschert ihr Geriesel
  Fort in hüpfend kleinen Wellen,
Sorglich stets die weißen Kiesel
  Ihres Bettes zu erhellen.

Und so drängt es stets von hinnen,
  Immer ein Vorüberschnellen,
Ein Entweichen und Entrinnen,
  Ein Zerstieben und Zerschellen.

Manchmal nur aus dem Gedränge
  Unter Stein- und Wurzelschwellen
Sammelt stille Wassermenge
  Sich an kleinen dunklen Stellen.

Und dort flimmert es und funkelt
  Grün und golden aus der Tiefe,
Als ob drunten süß umdunkelt
  Tiefgeheimes Wunder schliefe.

* * *

17.

Nun ſitz' auf meinen Knieen
    Und wiege leis dich hin und her,
Und laß uns Phantaſieen
    Umwogen wie ein wallend Meer.

Die Wellen kommen und gehen,
    Sie ſtrahlen in Abendſonnenglut,
Und flüſternde Lüfte wehen
    Hin über ſchaumzerſprühende Flut.

Es leuchtet aus roſiger Ferne
    Darüber ein Schloß vom Inſelſtrand,
Wie diamantene Sterne
    Erglühn die Fenſter der marmornen Wand.

Von Roſen und Jasminen
    Umfloſſen die ſchimmernden Säulen ſchwell'n,
Es halten Wacht vor ihnen
    Die blaugemähnten, kryſtallenen Well'n.

Doch raunet ſchon murmelnde Grüße
    Herauf ſeinem Herrn der bewegliche Troß,
Er küßt dir die ſchwebenden Füße —
    So ziehn wir hinüber in's harrende Schloß.

Nun ſchreiteſt du über die Schwelle,
    Umfunkelt von blitzendem Wundergeſtein,
Es neigt ſich wie flimmernde Welle,
    Denn du biſt die Herrin und Alles iſt dein.

Viel herrliche Göttergestalten,
    Sie schauen hernieder, von Schönheit umwallt;
Es neigen die hohen, die alten
    Sich vor der jungen Göttergestalt.

Doch dir zu Füßen gesunken,
    Schaut flehend ein Mann dir in's Antlitz hinein
Und flüstert sehnsuchtstrunken:
    O neige dich, Herrin, denn ich auch bin dein! — —

Da fallen die flackernden Schäume
    Zusammen im Schwinden des sterbenden Lichts;
Es rinnen die purpurnen Säume
    Des Wolkenschlosses in dämmerndes Nichts.

Dein Bild nur wiegt auf den Knieen
    Im Traum sich leis mir hin und her,
Und um mich ziehen und fliehen
    Die Träume wie ein wogend Meer.

*   *   *

18.

Ach, wer kann die Schuld vergeben,
Die mein Leben nimmer läßt,
Daß mein allzu heißes Sehnen
Jene Thränen
Deinem süßen Blick entpreßt.

Früh im Kelche der Genzianen
Zitternd mahnen vorwurfsvoll
Alle Perlen an das Thauen,
Das im blauen
Kelche deiner Wimpern quoll.

Wenn in schwüler Mittagsstunde
Sich die Runde trüb verhängt,
Aus der Wolken dichtem Wallen
Seh' ich's fallen,
Was ich dir in's Aug' gedrängt.

Und wenn still der Tag geschieden
Und im Frieden ruht die Welt,
Glühn die Sterne noch gleich jenen
Stummen Thränen
Ueber mir am Nachtgezelt.

⁕　⁕　⁕

Ach, daß im Vorübergehn
    Nur das Glück sich findet,
Und daß Neigung wie ein Wehn
    Weicher Lüfte schwindet!
Ach, ein Himmelsstrahl durchhellt
    Grüßend noch die Lider,
Doch in ihrem Schatten fällt
    Schon die Asche nieder.

Kalt erlosch im Herzensgrund,
    Ach, der schöne Funken,
Und den Becher hat der Mund
    Hastig leergetrunken!
Was verhehlt dein Blick noch klug
    Mir die bange Neige,
Was noch spricht er süßen Trug? —
    Schweige! — Schweige! — Schweige!

Und haben heut' wir uns geliebt,
  Da laß uns morgen scheiden;
Wenn kurzes Leid die Liebe giebt,
  So spart sie langes Leiden.

Schnell welken schöne Blüthen fort,
  Laß ab, sie zu behüten,
Daß sie nicht farblos und verdorrt
  Uns mahnen, wie sie blühten!

Laß ab, sie in des Herzens Buch
  Vertrocknet einzupressen —
Ihr Leben war nur bunter Trug,
  Verblichen und vergessen!

* * *

Ein krankes Glied, das gesunden will,
    Muß Rast und Ruhe haben,
Und hält ein krankes Herz nicht still,
    Da muß man es begraben.

Zu ruhlos schlägt's bei Nacht und Tag,
    Als daß ihm besser werde,
Den neuen Schmerz bei jedem Schlag,
    Den heilt allein die Erde.

Die deckt es kühl und freundlich zu,
    Umwölbt von grünen Zweigen;
Da mag es liegen in ewiger Ruh'
    Und heilen, schlafen, schweigen.

■   •   ∗

Der Wind, der welke Blätter weht,
    Beruft des Sommers Wende,
Und wenn die Sonne niedergeht,
    Geht auch der Tag zu Ende.

Der Winter kommt, es kommt die Nacht,
    Die Schatten und die Schauer;
Du hast gelebt, geliebt, gelacht,
    Es ging und läßt die Trauer.

Ein braunes Blatt noch flattert um,
    Und winkt aus Sommerstunden;
Ein braunes Roth noch lischt, wo stumm
    Der Sonnentag verschwunden.

Münsterglocken.

———✦———

I.

Drüben unter bekränztem Altar
    Ein Knixen, ein Wedeln, ein Fächeln;
Hier unter glänzendem Augenpaar
    Ein Grüßen, ein Winken, ein Lächeln.

Drüben aus kalter, dämmernder Rund'
    Ein Drohen, Verdammen, Verwehren,
Hier aus rothem, schwellendem Mund
    Ein Hoffen, Verheißen, Begehren.

Mahnend beruft der dumpfe Schlag,
    Eh' zu spät es, die Sünder;
Draußen leuchtet der goldene Tag,
    Jubeln des Lenzes Verkünder.

•   •   •

2.

Gestern ihm im Arme lag sie,
　　Heute liegt sie auf den Knieen
Vor dem Segen, den vom Altar
　　Er den Gläubigen verliehen.

Glöckleinklingelnd, weihrauchduftend,
　　Knien um ihn die Ministranten,
Und es pocht ihr Herz in Demuth
　　Vor dem Hohen, Gottgesandten.

Und sie faßt nicht, daß gewagt sie,
　　Diesen Mund so heiß zu küssen,
Dessen Machtgebot des Himmels
　　Pforten selbst sich öffnen müssen.

Und sie sieht mit bangem Schauder
　　An der Stirn des Lichtverklärten
Noch das Mal, das übermüthig
　　Ihre Zähnlein ihm bescheerten.

Ihren Frevelmuth zu strafen,
　　Ist sie plötzlich voll bewußt sich,
Müßten Blitze niederzucken —
　　Reuig schlägt sie an die Brust sich.

Doch der Löser aller Sünden,
   Huldreich blickt er auf sie nieder,
Segnend streckt die weiße Hand er
   Auf ihr schuldgeschwelltes Mieder.

Segnet auch daran die Nelke,
   Die, zu rother Glut entzündet,
Für den Abend ihm das Zeichen
   Ihrer Wiederkunft verkündet.

*   *   *

5.

Eine schlanke, schwarze Dirne
　　Preßt in ihrer Sünden Schwere
Auf den Säulenknauf die Stirne:
　　Miserere — miserere!

Nieder von den Scheiben loht es,
　　Glüh'n die dunklen Farbentöne,
Brennend auf sie wirft ihr rothes
　　Kleid die reuige Magdalene.

Wie die Lichter bunt sich gatten
　　Und im Wechselkampf sich packen,
Liegt ihr Antlitz tief im Schatten,
　　Leuchtet auf der braune Nacken.

Orgelton umrollt die Wände,
　　Ewig richtend, himmlisch lockend;
Und sie kreuzt gepreßt die Hände,
　　Und sie betet athemstockend:

Hab' Erbarmen — hab' Erbarmen!
　　Daß den Tod es mir gewähre —
Doch den Tod in Seinen Armen!
　　Miserere — miserere —!

*　　*　　*

4.

„Laß — so betete die Kleine,
  Schnell des Rosenkranzes Schnüren
Niederfingernd — benedeite
  Mutter Gottes, laß Dich rühren!

Gieb, daß meine kranke Muhme
  Wieder aus dem Bett sich raffe,
Und zu Mittag und zu Abend
  Uns die Hauswirthschaft beschaffe!

Gieb, daß unsre Hühner Eier
  Legen, groß wie Gänseeier,
Und dann Samstags mach' die Eier
  Auf dem Markt erschrecklich theuer!

Laß mich keinen Menschen tödten!
  Nicht mich mit dem Bruder zanken!
Gieb, daß immer keusch ich bleibe,
  So in Werken, wie Gedanken!"

Bei der letzten Bitte glitt ihr
  Brauner Zopf ihr auf die Hände,
Und den Kopf vergeblich schüttelnd,
  Betete sie rasch zu Ende:

„Laß auch in den Himmel eingehn
  Nach dem Tode alle Frommen,
Und laß mich noch hier auf Erden
  Den Vincenz zum Mann bekommen!"

*   *   *

Stürzt in Trümmer, ihr Paläste!
　　Fallt in Staub, ihr Marmorbogen!
Rollt herauf, des Erdballs Veste
　　Unterwühlend, Abgrundswogen!
Hört, Ihr Tauben! Seht, Ihr Blinden!
　　Denn der Richter kommt gezogen
Mit dem Schuldbuch Eurer Sünden!
　　Und zu schwer seid Ihr gewogen!

Hallend also hoch vom Thurme
　　Durcheinander wall'n und wogen
Alle Glocken, wie im Sturme,
　　Wie von Geisterhand gezogen —
Nur ein silberhell' Geläute
　　Tönt ein Glöcklein drein, zu kündigen:
Morgen kommt Er erst! Drum heute
　　Könnt Ihr noch ein wenig sündigen!

*　*　*

6.

Dämmerlautlos liegt die Halle;
    Vor der niedern Beichtstuhltreppe
Heimlich nur in leisem Falle
    Knistert eine seidene Schleppe.

Heimlich leise geht ein Flüstern
    Wie ein Hauch von Mund zu Munde,
Wie da draußen in den Rüstern
    Raunt der Wind der Dämmerstunde.

Lauschend hebt vom dunklen Wandsitz
    Noch des Priesters Ohr das Zwielicht,
Doch es hüllt mit Nacht das Antlitz
    Der Gestalt, die auf dem Knie liegt.

Draußen in den dunkeln Rüstern
    Raunt der Wind der Dämmerstunde,
Rascher drinnen geht ein Flüstern
    Wie ein Hauch von Mund zu Munde.

Dichter preßt sein Ohr zum Lauschen
    Jetzt sich an die Gitterbretter;
Lauter tönt der Schleppe Rauschen
    Wie vom Sturm durchbebte Blätter.

•   •   •

Um sich blinzelnd steht der alte
    Itzig mit dem langen Rocke,
Mit dem langen Nasensechser
    Und der langen Schraubenlocke.

In der dunkeln Ecke steht er,
    Wo vom Altargitter nieder
Dichtgehäuft von Wachse hängen
    Menschenherzlein, Menschenglieder.

Um ihn zieht ein Duft von Knoblauch,
    Zaudernd greift er in den Schlitz sich,
Und er spricht gedämpften Tones
    Seinem Sohne Ippel Itzig:

Gott, man soll nicht sagen, Ippel,
    Was unmöglich in der Welt ist!
Hängen doch die Christenleut' hier
    Alles dran, was faulbestellt ist.

Händ' und Füße, daß sie wieder
    Zum Geschäft gesunde Finger
Brauchen können, und im Nothfall
    Haben ein paar gute Springer!

Wunder Gottes, muß ich sagen,
    Kann man sehen; weggesprungen
Vor'm Cachot mit heiler Haut oft
    Sind' die faulsten Börsenjungen.

Soll man sagen, wie die Welt ist?
    Hat doch selbst ein guter Zahler,
Der er ist sonst, angeschmiert mich
    Mit 'nem grauslich schlechten Thaler.

Hat bemeiert wie ein Jud' mich,
    Denn ich hab's probirt, geklungen
Ist von Blei er. Jppel, häng' ihn
    Mit dran auf, den faulen Jungen!

Aber häng' ihn so dazwischen —
    Gott, man weiß nicht, was gescheh'n kann —
Daß ihn gut der Christengott sieht,
    Doch der Priester ihn nicht seh'n kann!

8.

Lege still dein Leid und Sehnen
   Auf die Knie der ewig Reinen!
   Thränen giebt sie dir zum Weinen,
Jene stillen, schönen Thränen,
Die der Himmel nur entsendet,
   Ob als Thau der welken Blüthe,
   Ob als Balsam seine Güte
Sie dem wunden Herzen spendet.

9.

Maienandacht. Weiße Kleidchen,
   Helle Aeuglein, rothe Mündlein;
Ernsthaft hängen ihre Mienen
   An Maria's hohem Kindlein.

Um die Lippen, schnell bereu't schon,
   Huscht ein Lächeln nur mitunter;
Lächelnd blickt die Gottesmutter
   Auf das kleine Volk herunter.

Seitwärts, vorgebeugt die Stirne,
   Vor dem Bildniß der Madonne
Einsam kauernd, lippenmurmelnd,
   Kniet noch eine junge Nonne.

Manchmal nur mit jähem Aufschlag
   Bei der Kinder hellen Tönen
Auf die Kleinen irrt ein Auge,
   Starr, wie ausgebrannt von Thränen.

* * *

Du bist eine Hexe. Verstohlen gähnen
   Sah ich dich während der heiligen Messe;
Vom Haar bis zum Halse, vom Zeh zu den Zähnen
   Stammt Alles an dir aus der höllischen Esse.

Du bist eine Hexe. Es stimmen die Zeichen
   Der größten Gottes- und Teufelsgelehrten:
Ich fühl' es wie Gift nach dem Herzen schleichen,
   Sobald deine Blicke sich zu mir kehrten.

Du bist eine Hexe. Kaum selbst zu bestreiten
   Versucht es dein Lachen — o Worte benennen
Nicht solchen Wechsel der gottlosen Zeiten:
   Du bist eine Hexe und ich muß verbrennen!

* * *

11.

Schweigendschaurig, todestraurig —
　Nur ein dämmernd Geisterweben;
Wie von Schatten rings im matten
Grau der alten Gräberplatten
　Ein Verschwinden und Verschweben.

Nur im Dunkeln noch ein Funkeln
　Von den bunten Scheibenrändern,
Um die bleichen Säulenleichen
Hörbar kaum ein langsam Schleichen
　Wie von schleppenden Gewändern.

Nun ein Schwimmen leiser Stimmen,
　Niedersäuselnd von der Decke,
Ein Entschwinden, ein Umwinden,
Als ob kalte Hand im Blinden
　Tastend sich nach deiner strecke.

Und sie faßt dich, um sich haftig
　An dem warmen Blut zu laben,
Und verdorrte Lippenpforte
Raunt dir heiße todte Worte,
　Die in deiner Brust begraben.

*　*　*

Also kommt's, vorbei zu schreiten,
    Tanzt der Eine mit dem Glücke,
    Schleppt der Andre an der Krücke,
Gehen Menschen, gehen Zeiten;

Wechselt Alles: Schatten, Lichter,
    Leid und Jubel, Heut' und Gestern,
    Tönt das Beten, tönt das Lästern,
Und die Gräber wachsen dichter.

Aber droben blitzen Sonnen,
    Deren Licht, zu uns zu kommen,
    Seines Weg's Beginn genommen,
Eh' des Münsters Bau begonnen.

Im Wechsel der Zeit.

> „Dreifach ist der Schritt der Zeit."
> Confuse.

8*

Viel Zeitgenossen treibt die Welt
Mit dir empor auf dem großen Feld.

Es schwillt auf's Neue stets ihr Saft
Und setzt sich um in lebendige Kraft;

In Ringen und Haschen mit Haupt und Hand,
In Lieben und Hassen, in Herz und Verstand.

Es treibt und drängt sich ab und zu,
Und Theil am Wege nimmst auch du;

Thust mit, was Jeder um dich thut,
Verlangst dein Recht, erwirbst dein Gut.

Es kennen dich Viele von Haar und Gesicht,
Von Wuchs und Stimme, Beruf und Pflicht.

Du wirst geachtet, wirst geehrt,
Es halten dich Manche besonders werth.

Doch selbst in der nächsten Freunde Verein
Im Innersten bist du allein.

Du theilst mit ihnen Leid und Lust,
Doch nicht das Eigenste deiner Brust.

Dein letztes, dein eigenstes Angesicht,
Dein heimliches Selbst, sie kennen es nicht.

Vielleicht erschräken sie, es zu sehn,
Gewißlich würden sie's nicht verstehn.

Du bist ein Traum am lichten Tag,
Den Keiner mit dir zu fühlen vermag.

Im vollsten Sonnenglanze fällt
Dein Schatten nur in's Aug' der Welt.

Und erst da drunten im Schattenreich,
Da bist du allen für immer gleich.

Und was geheim gewesen du,
Die Erde deckt's verschwiegen zu.

————◆————

Vierzig.

Vierzig — welk der Jugend Kränze,
 Fünfzig hebt das Alter an —
Sprich, auf dieser Sommergrenze,
 Was beginnst du, weiser Mann?
Immer fühlst du ein Entfliehen,
 Immer spürest du ein Nah'n,
Und durch jede Säumniß ziehen
 Rasch die Jahre ihre Bahn.

Nun, so lasse mit dir schalten,
 Wie im Wind das leichte Rohr:
Sei ein Weiser mit den Alten,
 Mit den Jungen sei ein Thor!
Also nehmen, also geben
 Dir die Jahre, was gerecht,
Und du führst ein zwiefach Leben,
 Und dies Leben ist nicht schlecht.

Zwei Stimmen.

I.

Trage hoch des Geistes Fahne
In des Lichtes Aetherstrahl,
Daß sie stolzen Weg dir bahne
Zu des Herzens Ideal!

Edlen Erzes Stufen liegen
Dir im Busen reich vereint,
Schmiede sie, um obzusiegen
Deiner Sinne dunklem Feind!

Den nur fesseln ihre Bande,
Dessen Kraft sie nicht durchdringt;
Den allein bedecket Schande,
Der sich selber nicht bezwingt!

Laß den Sieg dir nicht entwinden
Von des Leibes List und Lust,
Die entthronten Götter finden
Laß uns in der eignen Brust!

Nur das Edle, nur das Schöne
Führt dem ächten Selbst nur zu,
Und im Geist und Herzen kröne
Deiner Menschheit Würde du!

* * *

2.

Laß das zärtliche Gewinsel,
    Denn verlogen klingt es nur;
Tauche, Maler, deinen Pinsel
    In die Farben der Natur!

Laß den Himmel, laß den Aether!
    Auf der Erde leben wir,
Und das Erbtheil unsrer Väter
    Heißet Noth und heißt Begier.

Laß die süßen Herzensklagen!
    Aller Herzen Urgelüst
Ist ein gutgefüllter Magen,
    Eine Dirne, die dich küßt.

Malt darüber Lenz und Liebe
    Mit dem ganzen Farbenrest,
Jene ganz gemeinen Triebe
    Bleiben doch als Palimpsest,

Bleiben doch die Wundersäfte,
    Deren Kraft den Boden düngt,
Draus die Menschheit ihre Kräfte,
    Ihres Lebens Mark verjüngt.

* * *

Einen hör' ich, hör' den Andern,
   Widerlegen kann ich Keinen;
Zwischen Beiden fortzuwandern,
   Will am Menschlichsten mir scheinen.

———— ❖ ————

Schreitende Tage.

———

Die einst ich so recht zu erfreuen,
  Die recht ich zu ärgern gedacht,
Wenn mich an's Ziel die ferne,
  Die kühne Hoffnung gebracht —

Die machen heut' Gesichter
  Verdrossen nicht, noch froh,
Die wurden gar „stille Leute",
  Just wie Mercutio.

Und unter Fremden schreit' ich
  Gleichgültig und fremd dahin;
Mitunter kommt's mir zweifelnd,
  Ob ich es selber noch bin.

Auf eingesunkenen Gräbern
  Im Winde nickt das Gras;
Sie gingen alle schlafen,
  Die Liebe mit dem Haß.

Es nickt das Gras im Winde,
  Und alles schläft und schweigt —
Wozu, du grauer Wandrer,
  Hast du dein Ziel erreicht?

———◆———

Jeder.

Näher, spricht man, ist die Haut
　　Einem Jeden, als das Hemde,
Jeder ist sich selbst vertraut
　　Und verdächtig ihm das Fremde.

Jeder hört mit seinem Ohr,
　　Jeder sieht mit seinen Augen;
Leg' die deinen ab zuvor,
　　Willst du fremden Sinnen taugen.

Gut ist jedes Heimatland,
　　Fett sind jedes Landwirths Rinder,
Jeder Schultheiß hat Verstand,
　　Jede Mutter schöne Kinder.

Jeder weiß den besten Rath,
　　Jedes Amt würd' Jeder zieren,
Jeder würde auch den Staat
　　Jeglichem zum Heil regieren.

Jeder ist sich selbst genug,
　　Hüte dich, daß du ihn lehrest,
Denn du dünkst nur Jedem klug,
　　Wenn du seine Klugheit ehrest.

Willst in diesem Schutzverein
    Zu der Lebensweisheit Nutzen
Du allein ein Dummkopf sein,
    Such' ihr Brillenglas zu putzen.

Der Herrscherin.

1.

Sie herrscht; des Lebens Erstgezeugte,
  Die Riesentochter jeder Zeit,
Der sich von je die Menschheit beugte
  Und beugen wird in Ewigkeit.

Sie herrscht in Stadt und Land, die Scheuer
  Ist Obdach ihr, wie der Palast;
Sie sitzt an jedes Herdes Feuer,
  Am Bord des Schiff's sitzt sie zu Gast.

Sie herrscht in aller Völker Zonen,
  Im Prunksaal und im Gassenschmutz;
Sie steht auf Kanzeln und auf Thronen,
  Dieselbe stets in andrem Putz.

Sie schwebt, sie lächelt, sie umwindet
  Mit tändelnd leichter Zierlichkeit;
Wo sich ein Mensch zum Menschen findet,
  Steht ihrer harrend, sie bereit.

Sie bückt sich über deine Wiege,
  Du athmest sie mit jeder Luft,
Sie summt um dich wie bunte Fliege,
  Sie grüßt zuletzt dich in der Gruft.

Sie ehrt und nährt; sie läßt nicht darben,
  Wer ihren Siegeswagen zieht;
Der Maler kündet sie in Farben,
  Der Dichter huldigt ihr im Lied.

Es schmäht sie mancher auf den Gassen
  Und dient ihr in der Stille doch;
Schon Mancher glaubte, sie zu hassen,
  Und unbewußt trug er ihr Joch.

Und Mancher hob mit zornigen Waffen
  Die Hand nach ihr und traf sie gut!
Sie lachte nur. Wohl sah er klaffen
  Die Wunde, aber leer von Blut.

Doch könntest du den Erdball röthen
  Mit Tropfen ihres Angesichts,
Du kannst die leere Brust nicht tödten —
  Sie ist unfaßbar wie das Nichts.

Sie herrscht. Unsterblich zeugt auf's Neue
  Ihr Vater sie, der Schein; gebiert
Die Mutter sie, die sonnenscheue
  Unwissenheit, vom Wahn dressirt.

Die Dummheit ist ihr Wiegenbette,
  Ihr Ammentrunk die Eitelkeit,
Die Heuchelsucht, die Etiquette
  Sind ihr geschwisterlich Geleit.

So, eine Riesenseifenblase
  Der Gleißnerei, beherrscht die Zeit
Ihr Dunst. Sie heißt galant: die Phrase,
  Ihr Name ist: Verlogenheit.

* . *

2.

Empörung, heiliges Wort! Empor
   Den Haß, den Abscheu und den Zorn,
Die unsre dumpfe Zeit verlor —
   Empor der Wahrheit mahnend Horn!
Empor den Geist! Empor das Herz
   Aus der Gewohnheit trägem Wust,
Und stoß, ein grimmempörtes Erz,
   Sie in der Lüge hohle Brust!

Was um dich schleicht mit Fäulnißglanz,
   Mit Irrwischlicht und Nebelflor,
Den schnöden Schein, den falschen Kranz,
   Herab mit ihm! dein Selbst empor!
Der Rücksicht feige Lippenzier,
   Die Toleranz für Raub und Mord
An Hirn und Herz — herab mit ihr!
   Empor, Empörung! heiliges Wort!

Und wimmert auch der feine Brauch,
   Und heult der seidene Gassenchor,
Und fletscht nach dir die Meute auch,
   Stoß in der Wahrheit Horn: Empor!
Aus Dummheit und aus Heuchelei,
   Aus Selbstsucht und aus Eitelkeit!
Empor den Zorn! Sein Banner sei
   Empörung wider deine Zeit!

———✦———

Eines.

1.

Du verlachst die Tagesmode?
  Du verachtest ihren Sold?
Narr! Es geht die Kunst nach Brode,
  Und die Schönheit geht nach Gold.

Tanze vor der Bundeslade,
  Knixe vor dem Weltidol,
Räuchre gut und zeig' die Wade,
  Sei servil und sei frivol!

Und es wird die Welt dich krönen,
  Wird dir Rang und Ruhm verleih'n,
Und du wirst dich rasch gewöhnen,
  Vor dir selbst ein Lump zu sein.

*   *

Ein Andres.

2.

Sei nicht Herr und sei nicht Knecht,
Thu' dein Tagwerk schlicht und recht!
Daß du's könnest, leb' und lerne,
Ring' und ruhe; laß die Sterne,
Laß das Grübeln und das Fragen,
Freue dich an guten Tagen,
Frene dich an Weib und Kind,
Froh, daß sie dein eigen sind,
Bis dich Müdigkeit erfaßt,
Und dann leg' dich still zur Rast
In der alten Mutter Schooß —
Und dir fiel das beste Loos.

Die Hauspostill.

Die Sonne scheint nicht jeden Tag,
Man hat nicht immer, was man mag,
Man kann nicht immer, was man will —
Das ist die alte Hauspostill!

Wir lernen sie von Vätern her,
Das Leben lehrt sie uns noch mehr;
Wir meinen wohl, so lang wir jung,
Ihr zu entgehn mit keckem Sprung,

Und lachen in die Maienwelt,
Bis um uns her die Blüthe fällt,
Bis um uns her der Nebel streift
Und uns den eignen Kopf bereift.

Doch wartet unsrer stumm und still
Daheim die alte Hauspostill;
Wir kehren zu ihr still und stumm
Und blättern nickend drin herum.

Zuletzt.

Was hohen Trachtens den Verstand
 Und heißen Schlag's das Herz bewegt,
Das Alles wird zum Possentand,
 Wenn sich der Mensch zum Sterben legt.

Zu schnödem Unrath schmilzt das Gold,
 Der Würfel bricht, das Glas zerschellt;
Es stockt die Zeit, die Sonne rollt
 Als kalte Schlacke durch die Welt.

Verdienst und Ehre, Stolz und Kraft
 Zerstieben wie vergilbtes Laub,
Die Schönheit und die Wissenschaft,
 Vermodert liegen sie im Staub.

Die Liebe nur, das arme Ding,
 Hält bis zuletzt am Bett noch aus
Und schleicht erst, wenn der Athem ging,
 Verwaist sich aus dem Sterbehaus.

Aus Frauenherzen.

I.

Wenn nun der März beginnt,
  Da muß ich lachen,
Denn, o ich weiß, er sinnt
  Gar sondere Sachen:
Palmkätzchen läßt im Wind
  Am Zweig er schaukeln
Und Falter goldgeschwind
  Darüber gaukeln.

Und Veilchen nicken drein
  Mit blauen Kronen,
Und weiß im Sonnenschein
  Stehn Anemonen,
Und leis am Waldesrand,
  Dort unter'm Flieder,
Zieht mich des Liebsten Hand,
  Zieht sie mich nieder.

Was bist, o Erd', so braun
  Du und so fahl noch!
Was stehst, o Fliederzaun,
  Du doch so kahl noch!

Wie ist so fern, o März,
  All' deine Zier noch!
Wie bist so weit, mein Herz,
  Du doch von mir noch!

Nichts ist als Winter rings
  Und ödes Schweigen —
Seltsam nur eben ging's
  Dort in den Zweigen,
Duftet's wie Fliederschnee,
  Daß eh' ich's wußte,
Plötzlich aus meinem Weh
  Ich lachen mußte.

2.

In meines Frühlings Sonnenschein,
   In meiner Jugend erstes Leiden,
Du tratest in mein Leben ein
   Und nimmer läßt sich's von dir scheiden;
Es kann sein höchstes Glück allein
   In dein geliebtes Antlitz kleiden,
Und meines Herzens Wunderkunde,
Sie ruht geheim in deinem Munde.

Du sprichst sie nicht, es kann nicht sein,
   Und ewig wirst du sie verschweigen;
Du aber weißt es, ich bin dein,
   Mein ganzes Leben ist dein eigen.
So geht der Tag, die Nacht bricht ein,
   Im Traum dein Bildniß mir zu zeigen —
Und ob dein Mund es ewig hehle,
Ich hab' gelebt in deiner Seele.

* * *

3.

Reich' mir die liebe, alte Hand,
　　Die Hand, die mich durch's Leben führte,
Der zagend einst ich mich entwand,
　　Als sie zuerst die meine rührte.
Am Bach hier stand der weiße Klee,
　　Darüber summten goldne Bienen;
Mir klingt's im Ohr; nun liegt der Schnee
　　Von fünfzig Jahren über ihnen.

Reich' mir die liebe, alte Hand,
　　Mir ist's, als käm' ein Frühlichtswehen
Aus ihr von morgenrothem Strand,
　　Und doch ist's Zeit zum Schlafengehen.
Die Wimpern fallen dir und mir,
　　Und wundersam, doch klopft es drinnen
Mir in der Brust, als könnten wir
　　Noch einmal jenen Tag beginnen.

Reich' mir die liebe, alte Hand —
　　Ich dankte oft mit seligem Munde
Der Stunde, drin sie einst mich fand,
　　Nun dank' ich ihr für diese Stunde.
Oft rief der Abend uns zum Ruh'n,
　　Und doch, mich dünkt's, so traut war keiner,
Denn meine Hand, für immer nun
　　Soll ruh'n zum Schlafe sie in deiner.

Erste Liebe.

Du wußtest es gar zu gut: Ich liebte dich —
    Wer hehlt es euch, ob auch die Lippen schweigen,
Daß alle Träume, wenn der Tag entwich,
    Nur euer Antlitz auf ihn niederneigen?

Und ohne Hoffen liebt' ich. Nie beschlich
    Ein wacher Traum mich, um dein Herz zu werben,
Nur Angst, du könntest von dir weisen mich —
    Du aber wußtest auch, du mußtest sterben.

Dein Leben schwand wie letzter Sommertag,
    Der frühlingsschön sich still zum Schluß bereitet;
Nur langsam wächst der Schatten nach und nach,
    Darinnen Blatt um Blatt zu Boden gleitet.

Und süße Schwermuth, die kein Wort benennt,
    Sie zittert leis' im warmen Sonnenscheine —
Uns hätt' das Leben ewiglich getrennt,
    Uns hielt der Tod in scheidendem Vereine.

Ich liebte dich und du mich nicht. Allein
    Nie sprach dein Auge mir ein fremd Verwehren;
War es doch etwas dir, geliebt zu sein,
    Auch dann, wenn deine Augen nicht mehr wären?

So saß ich neben dir; das Sonnengold
   Des Herbsttags lag auf deinem Angesichte,
Und deine Stimme sprach mir traut und hold,
   Dem Blattgeflüster gleich im Abendlichte.

Nur einmal hobst du plötzlich dein Gesicht
   Und sahst mich an und legtest um die Wangen
Die Hände mir — mein Herz ertrug es nicht,
   Ich floh und kam zurück — du warst gegangen.

O hätt'st du's nicht gethan! Was mußtest du
   Als letzten Gruß des Abschied's mir es gönnen,
Daß es mein Herz in Qual läßt ohne Ruh',
   Als hättest du mich dennoch lieben können!

Herbst.

1.

Um Berg und Wald ein brauner Duft
Und doch die Weite klar und rein;
Ein golddurchwirkt Gezelt die Luft,
Ein Thaugeleucht von Blatt und Stein;
Hinüber fern ein Perlenglanz,
Zu Häupten rother Blätterkranz,
Der Fluß ein spiegelnder Kryſtall,
Ein Sonnenfunkeln allumall.
Kein Laut umher, als ſilberhell
Vom Dorf der Glocke Mittagsſchall,
Als eines Hundes fern Gebell,
Das leis verklingt, das fern verhallt.
Ein Häher, der von Wald zu Wald
Durch's Blau die bunten Flügel ſpannt;
Ein Fenſter glüht wie Diamant,
Ein Grüßen geht von Strahl zu Strahl,
Ein Traum zieht über Flur und Feld,
Ein ſchweigend Märchen liegt die Welt —
Das iſt der Herbſt, der noch einmal
Die Schönheit, die der Tod erkor,
So leuchtend zeigt, wie nie zuvor.

•   •   •

Die Blüthen all, die weiß und roth
   Aus braunem Feld noch ragen,
Mit stiller Musterung hat der Tod
   Sie in sein Buch getragen.

Doch lieblich naht er. Ein Sonnentag
   Versinkt in rosiger Ferne,
Des Mondes Silberlicht steigt nach,
   Es leuchten und funkeln die Sterne.

Ein Schlummerlied noch summt der Wind
   Herüber vom Waldessaume,
Da legt sein weißes Tuch gelind
   Auf sie der Reif im Traume.

* * *

3.

Dieweil nun Alles scheiden will,
    Was sommerlang gelebt,
Ist's wohl auch Zeit, daß kühl und still
    Ein Grab das Herz sich gräbt.

Darein zum Schlaf es betten mag,
    Was ihm der Lenz gebracht;
Mit welken Blättern spielt der Tag,
    In Schauern kommt die Nacht.

Was noch am letzten Sonnenstrahl
    Klammert dein Blick sich fest,
Der nur, wie kahl und herbstesfahl
    Die Welt, dich schauen läßt?

* * *

Auf grüner Wiese
Suchen nach Blumen,
Haschen nach Faltern
Mädchen und Knabe.

Auf grüner Wiese
Suchen nach Liebe,
Haschen nach Herzen
Jungfrau und Jüngling.

Auf grüner Wiese
Suchen des Lebens
Güter zu mehren
Mann und Weib.

Doch auf die einsam
Bräunlich verdorrte,
Weiß überreifte
Stumm blickt der Greis.

Blumen und Falter,
Herzen und Liebe,
Jegliche Güter
Sah er entstehen;
Kinder des Frühlings,
Blüthen des Sommers

Sah er vergehen,
Sieht er verwelken,
Sieht er verwehen,
Blätter im Herbst.

Allein.

Geh' hinaus mit deinem Leid,
Geh' hinaus in die Einsamkeit!
Was willst du mit deiner welken Blume
In dem Tanzsaal unter den Tänzern!
Was willst du mit deinem Heiligthume
Unter den Schwätzern und den Scharwenzern,
Unter den Roben und unter den Fräcken,
Unter den gaffenden Laffen und Gecken!
Geh' hinaus mit deinem Leid
In die heilige Einsamkeit!

Geh' hinaus in die Nacht, in den Sonnenschein,
In den Sturm, in die Stille — doch geh' allein!
Hin über die Haide, das schwankende Moor,
Durch den rinnenden Sand, durch das sausende Rohr!
Und nur mit dir selber, weiter hinaus
An des Meeres unendliches Wogengebraus,
Wo Wellen kommen und Wellen gehn,
Wie es vor dir geschah, wie's nach dir wird gescheh'n,
Und sie rauschen in's Herz dir und grüßen sein Leid
Mit den ewigen Stimmen der rollenden Zeit.

Jensen, Gedichte.　　　　　　　　10

Und hinaus geh' zum Wald, in den murrenden Tann,
Auf dem einsamen Bergpfad durch's Dunkel hinan,
Bis der Triften grünes Licht dir winkt,
Bis die Lippe die kühlende Hochluft trinkt!
Dort erklimme der Felswand graues Gestein,
Wo dir zu Häupten der Himmel allein,
Wo nur der Wind dir die Stirn noch umrauscht,
Den Stimmen des Weltalls dein Ohr noch lauscht.
Und dann blick' auf die Welt, die zu Füßen dir siecht,
Die du drunten verlassen, die unter dir kriecht
Wie Gewürm, das den Kehricht der Gassen belebt,
Das den Moder durchgräbt, bis sich's in ihm begräbt —
Und Ruh' wird dir werden,
Und stolz wird das Herz, und die Seele wird weit,
Von Ahnung umschauert: Ein großes Leid
Sei das Höchste der Erden.

———&———

Ein Traum.

Ein schwerer Traum trug mich in fernes Land,
Fremd schien es mir und doch zugleich bekannt,
Als hätte mich vor ungedachter Zeit
In ihm umfangen erstes Glück und Leid.
Ein Garten war's, der einst in Sonnenpracht
Mit tausend Farben auf in's Blau gelacht;
Nun aber lag er dumpf in leerem Schweigen,
Es hingen Blüthen welk an nackten Zweigen,
Verschrumpft, mit häßlich faulendem Geruch.
Entmarkt, ein kahlentscheitelter Eunuch,
Hielt blitzzerklaffter Stamm am Thore Wacht;
Um Alles wob ein Licht, nicht Tag, nicht Nacht,
Ein öder Nebel, brandig, kalt und naß,
Und hohes Unkraut sproß nur, geil und blaß.

Doch wie ich schweigsam durch die Wildniß schritt,
Vernahm zur Seite mir ich leisen Tritt.
Er ließ nicht ab, er gab mir stets Geleit —
Nur war es mir, als kläng' unendlich weit,
Ein Echo nur, sein Gruß zu mir heran.
Und plötzlich kam es, daß ich mich besann:

10*

In meiner Heimat stand ich, drin als Kind
Mich einst umspielt der erste Frühlingswind,
Die Blumen duftesfreudig mich umblüht,
Das grüne Laub der Sonnenstrahl durchglüht
Und, halb von goldnen Schleiern überhüllt,
Mit hohen Wundern mir den Blick gefüllt.

Wo waren sie? Ein Sehnen faßte mich,
Unnennbar, schmerzend, wie ein jäher Stich
Das Herz durchzuckt, und zog mich athemschwer
Zu hastigem Irrgang durch den Traum umher.
Doch war mein Auge blind. Nur manchmal stieß
Mein Fuß an Etwas, das mich halten ließ,
Und tastend griff in's Dunkel meine Hand,
In Schutt und Trümmer, Scherben, Staub und Sand.
Zerbroch'ne Säulen stachen aus dem Staub,
Geröllverschüttet und vermodernd Laub
Darauf gehäuft; es starrten aus der Leere,
Vom Brand verkohlt, zerfallene Altäre,
Nicht kennbar mehr, zu wem an ihren Stufen
Einst im Gebet das Herz emporgerufen.
Ein Chaos war's, ein Gräberlabyrinth,
Und nur darüber wimmernd ging der Wind.

Doch war's mir nun, als zög' mit einer Hand
Der leise Schritt, an den ich festgebannt,
Mich durch die Trümmeröde mit sich fort.
Und wieder plötzlich wußt' ich auch den Ort,
Zu dem im Nebel schweigend sie mich zog:
Das Laubgezweig, das tief sich niederbog,

Von goldnem Blüthenbogen überdacht,
Und weiße Rosen hielten vor ihm Wacht.
Und weiß wie sie, umflossen auch von Gold,
Sah draus der Wunder Höchstes, hehr und hold,
Ein Antlitz, wie der Frühlingswolke Schein,
Ein Auge, rein wie blaues Lichtgestein.

Da stand ich dort, wohin mein Fuß gestrebt.
Die Laube war's, doch nicht mit Laub verwebt,
Durch abgestorben dürres Astwerk fiel
Der Blick jetzt auf ein unverhülltes Ziel.
Doch zitternd flog das Herz in hastigen Schlägen —
Noch sah ein weißer Schimmer mir entgegen —
Dann rann es mir durch's Blut wie Todbeginn,
Und starren Lides schaut ich vor mich hin.

Ein weißer Schimmer war's und war ein Weib,
Ein Marmorbildniß, stumm, mit nacktem Leib,
Doch nur ein Torsorumpf noch, ohne Hand,
Verstümmelt, hingestürzt; vom Sonnenbrand
Und Regensturm zerfressen, braunbefleckt,
Die Brust mit Pockenschwären überdeckt.
Um ihre Schläfen kroch ein graues Moos
Wie ekler Flechtenaussatz; ihrem Schooß
Entwuchsen Nesseln, deren ätzend Gift
Die Haut entflammt, wie rothe Geißelschrift.
So, starr, ein einzig klaffend Wundmal, lag
Gekrümmt ihr Leib im Modersarkophag
Gemeiner Fäulniß, draus sich Schattenkraut
Aufhub, von schwarzen Beeren überthau't.

Dran stach der Kröte glimmernd Augenlicht
In's Dunkel auf, und dort vom Angesicht
Herabgeringelt, züngelte sich zwischen
Den Marmorbrüsten einer Natter Zischen
Dem Herzen zu, der ersten Schlange gleich
Im Paradies. Ein Bildniß, grausenreich
Wie kein's zuvor. Entweiht, entseelt die Glieder,
Und todesstarr die tiefgesunkenen Lider.

Und Grauen, Ekel, Abscheu, namenlos,
Durchrann mein Herz und riß das Auge los
Von ihrem Anblick — wollte — konnt' es nicht.
Denn plötzlich regte sich ihr Angesicht;
Lautlos — die Wimper nur schlug es herauf
Und hob der Lider todten Vorhang auf.
Draus sah nur ihrer Augen stummer Strahl,
Ein Blick aus der Verdammniß Abgrundsqual,
Aus Höllennacht, die keine Lippe spricht —
Und doch, es war des Himmels ewiges Licht
Mit aller Göttertempel Engelsgrüßen — —
Und betend sank ich hin zu ihren Füßen.

Ein Blick.

Wir saßen stumm in fremder Menschen Mitte;
   Nur selten klang ein Laut aus deinem Munde,
Nach höflicher Gesellschaft leerer Sitte.

   Langweilend schlich mit fadem Wort die Stunde,
Ein frevler Diebstahl war's am Werth der Zeit;
   Ich sehnte fort mich aus der öden Runde.

Da brachte mich der Zufall dir zur Seit',
   Ich sprach dich an nach Brauch des Tags, banal,
Vielleicht mit frostigem Scherz. Weshalb zum Streit

   Er führte, weiß ich kaum; nicht meine Wahl,
Noch Absicht war's; wir standen, vom Gedränge
   Umtönt, allein im kerzenhellen Saal.

Und unvermerkt zu herbem Wortgemenge
   Mißrieth der Scherz. Wer von uns beiden trug
Die Schuld daran? Dein Aug' sah kalt und strenge.

Aus Spott ward Kränkung; Stolz und Hochmuth frug,
   Von Mund zu Mund ein bitteres Umfassen —
Ich sah, wie Zorn dir roth ins Antlitz schlug,

Hoch trieb die Brust dir — und ich stand verlassen,
Wie traumerwacht, und sann, wie das geschah?
Dein letztes Wort sprach mir ein tödtlich Hassen.

Nur mir allein, denn unter Andern sah
    Ich nun dich heiter plaudern, lachen, scherzen,
Und unter Andern stand auch ich jetzt da,

    Und scherzte, lachte, schwamm im Meer der Kerzen,
Der Stimmenbrandung, die mich rings umzog.
    Nur kam's, ein Räthsel, jetzt mir ächt vom Herzen,

Nur schlich die Stunde jetzt nicht mehr, sie flog —
    Vergeblich sann ich, was die öde Stunde
Verwandelt, daß aus blühendem Gewog'

    Es mich mit Duft umzog von jedem Munde.
Da trafen einmal mich aus Saalesferne,
    Gleichwie im Leben einer Traumsecunde,

Herübersuchend deine Augensterne —
    Ein Blitzstrahl war es jäher Himmelsflammen,
Ein Sonnenglühen ewig stummer Ferne —

    Und niemals wieder trafen wir zusammen.

Am Ende.

—·—·—

Es spinnen sich der Jugend Pläne
  Durch unser Dasein leise fort,
Und unsres ersten Schmerzes Thräne
  Verwandelt sich in spätes Wort;
Was einmal auf dem räthselvollen
  Irrgang des Lebens uns betraf,
Es ward zum Theil von unsrem Wollen
  Und legt mit uns sich erst zum Schlaf.

Wir aber sammeln eine Ernte
  Von Gram und Leid durch Tag und Nacht,
Von der als Kind ich einst erlernte,
  Sie sei dem Jenseits zugebracht.
Doch wenn, wie ein verlöschend Feuer,
  In Rauch und Asche wir zergehn,
Weshalb in unsrer Brust die Scheuer,
  Wozu die Ernte und — für wen?

Epilog.

So hätte mich im Kreis geführt das Leben,
    Zurückgewendet seiner Stunden Schlag?
An diesem grauen Stamm lehnt' ich noch eben,
    Dies ist der Stein, drauf meine Hand hier lag.
Vor der geschlossenen Wimper fühl' ich's schweben,
    Es liegt um sie ein erster Frühlingstag,
Die Sonne füllt mit warmem Licht die Lüfte,
Und aus dem Boden quellen erste Düfte.

Und tastend regt die Hand sich auf dem Steine;
    Es ist derselbe, wär' mein Auge blind,
Ich müßt' es doch. Vom knospengrünen Haine
    Um meine Stirne leise geht der Wind;
Derselbe ist's. Im blauen Strahlenscheine
    Tönt über mir der Lerche Klang und spinnt
Im Schattennetz der alten Eichenbäume
Zerrinnend um mein Ohr die alten Träume.

So schüttle von der Stirn die weißen Flocken,
    Die dir ein Wintertraum darauf gestreut;
Vertraute Stimmen sind es, die dich locken,
    Es ist der Lenz, der seinen Hauch erneut.
Was wendet deine Wimper fremderschrocken
    Sich von den holden Wundern, die er beut?
Was füllt dein Herz, durchbangt von frostigem Schauer,
Den warmen Glanz mit schattenkalter Trauer?

Willst du zurück den Weg, den du gegangen,
    Den langen Weg, der deinen Fuß bestaubt?
Willst Lust und Leid von ihm zurückverlangen,
    Leid, das er gab, und Lust, die er geraubt?
Pocht dir das Herz, noch einmal anzufangen,
    Was hier begann? — du schüttelst stumm das Haupt.
Ein neu Beginnen gäb's dir neu zu eigen,
Doch willst du's nicht, so heiß' die Trauer schweigen.

So ruh' dich aus hier von dem heißen Tage,
    Wo still vertraut dein einstig Sein dir spricht;
So übertönt Erinnerung die Klage,
    Daß du allein, nur du derselbe nicht.
Und doch, blick' auf mit frischem Herzensschlage,
    Blick auf dort in das junge Angesicht!
Dein Ebenbild — du bist's — zurückgegeben
Dem neuen Tag, und ewig wirst du leben!

Zur Stätte tritt Er, wo du einst begonnen,
    Mit jeder Hoffnung deiner jungen Brust,
Mit jeder Sehnsucht, die in dir zerronnen,
    Mit jedem Trugbild, dessen du bewußt.
Und ob er jedes Wunderziel gewonnen,
    Er trägt hieher den nämlichen Verlust,
Und keinen Frühlingstraum der rothen Wangen
Wird er, wie du, dereinst zurückverlangen.